Louis de Bernières
DER ROTE HUND

Louis de Bernières

Der rote Hund

Mit Illustrationen von Alan Baker
Aus dem Englischen von Marion Balkenhol

Argon

Die englische Originalausgabe erschien 2001
unter dem Titel *Red Dog* bei
Secker & Warburg, London
© 2001 Louis de Bernières
Illustrationen © 2001 Alan Baker
Deutsche Ausgabe:
© 2001 Argon Verlag GmbH, Berlin
Gesetzt aus der Stempel Garamond
Satz und Layout: Leslie Driesener, Berlin
Druck und Bindung: Clausen & Bosse, Leck
Printed in Germany
ISBN 3-87024-549-2

INHALT

ZWEITER TEIL
Der Hund des Nordwestens

ANMERKUNGEN DES AUTORS

Der echte Red Dog wurde 1971 geboren und starb am 20. November 1979. Die Geschichten, die ich hier erzähle, basieren auf tatsächlichen Begebenheiten, doch die Personen habe ich erfunden, teilweise, weil ich nur sehr wenig über die Menschen weiß, die im Leben von Red Dog tatsächlich eine Rolle spielten, und teilweise, weil ich niemanden durch die falsche Darstellung seiner Persönlichkeit kränken wollte. Die einzige »echte« Person ist John.

Es gibt zwei Tatsachenberichte über das Leben von Red Dog. Der eine stammt von Nancy Gillespie und wurde im Jahre 1983 zum ersten Mal veröffentlicht. Er ist heute vergriffen. In der Bibliothek von Perth in Westaustralien gibt es noch ein

Exemplar. Den anderen hat Beverly Duckett 1993 verfasst. Es war zu der Zeit, als dieses Buch entstand, in der Touristeninformation in Karratha, Westaustralien, und in örtlichen Bibliotheken erhältlich. Die öffentlichen Bibliotheken in Dampier und Karratha archivieren auch Zeitungsartikel über Red Dog, und ich möchte an dieser Stelle den Bibliothekaren für ihre unschätzbare, bereitwillige Hilfe danken.

Für Nichtaustralier findet sich im Anhang ein Glossar mit australischen Besonderheiten.

ERSTER TEIL

Aus Tally Ho wird Red Dog

DER STINKER

»Mann!«, rief Jack Collins entsetzt. »Dieser Hund ist ein echter Stinker! Keine Ahnung, wie er das selbst aushält. Wenn ich solche Bomben losließe, würde ich mit dem Kopf in einer Papiertüte rumlaufen, nur um mich davor zu schützen.«

»Jeder mag seinen eigenen Geruch«, sagte Mrs. Collins. Jack hob die Augenbrauen und grinste sie schief an. Deshalb fügte sie eilig hinzu: »Heißt es zumindest.«

»Das ist jedenfalls zu viel für mich, Maureen. Er muss raus auf den Hof.«

»Es liegt an seiner Ernährung«, sagte Maureen. »Bei dem, was er zu sich nimmt, muss er solche Gase produzieren. Außerdem schlingt er alles so schnell hinunter, dass er dabei wohl Luft schluckt.«

»Tally würde auch dann Gas ablassen, wenn du ihn mit Rosen füttern würdest«, sagte ihr Mann und schüttelte nachdenklich den Kopf. »Ein Jammer, dass es kein Talent ist, das man in bare Münze umsetzen kann. Dann wären wir nämlich Millionäre. Weißt du was? Wir sollten ihn an die Luftwaffe vermieten. Man könnte ihn in Feindesland aussetzen, das er für mindestens drei Tage lahm legen würde. Dann könnte man Fallschirmtruppen landen lassen. Damit würde eine neue Ära im Luftkrieg beginnen.«

»Zünde keine Streichhölzer an, er hat wieder gestunken«, sagte Maureen, hielt sich die Nase mit der linken Hand zu und wedelte mit der rechten vor ihrem Gesicht herum. »Tally, du bist ein böser Hund.«

Tally Ho schaute mit einem gelben Auge zu ihr auf; das andere hielt er aus Sparsamkeitsgründen geschlossen. Zwei Mal klopfte er mit dem Schwanz auf den Boden. Er hatte den liebevollen Unterton bemerkt und hielt ihre Worte für ein Lob. Er lag auf der Seite, ein wenig aufgebläht, nachdem er an einem seiner ältesten Knochen genagt hatte. Tally Ho war erst ein Jahr alt, demnach konnte sein ältester Knochen noch nicht allzu alt sein, hatte dafür aber zweifelsohne ein würziges

Aroma und genau die blähenden Eigenschaften, die Tally Ho ganz besonders schätzte.

Tally war der bekannteste Hundeabfalleimer der ganzen Gegend. Die Leute machten sich einen Spaß daraus, ihm unmögliche Dinge vorzusetzen und ihn zum Fressen zu ermutigen. Mit großer Wonne verzehrte er Papiertüten, Stöcke, tote Ratten, Schmetterlinge, Federn, Apfelschalen, Eierschalen, Papiertücher und Socken. Obendrein nahm Tally dasselbe zu sich wie der Rest der Familie, und in diesem Augenblick enthielt sein Magen eine ordentliche Portion Kartoffelpüree von gestern mit Bratensoße, Steak und Kidney Pie.

Das soll nicht heißen, dass Tally jemals Mülleimer plünderte oder in Abfällen stöberte. Das wäre entschieden unter seiner Würde gewesen. Er hatte es auch nicht nötig. Seine Bemühungen, sich bei den Menschen ausgezeichnetes Futter zu verschaffen, waren stets von Erfolg gekrönt, und er hatte in gutem Glauben komische Sachen gefressen, nur weil sie ihm von Menschen vorgesetzt wurden. Er entschied selbst, welche Speisen einen zweiten Versuch wert waren. Eierschalen zum Beispiel hätte er liebend gern weiter gefressen, solange sie noch eine Spur von Eiern enthielten, wohingegen er wohl nie wieder eine Feder anrühren würde.

»Ich nehme ihn mit zum Flugplatz«, sagte

Jack. »Da kann er sich ein wenig austoben und seine Gase loswerden.« Er ging zur Tür und drehte sich um. Tally Ho schaute erwartungsvoll zu ihm auf und hatte diesmal beide gelben Augen geöffnet. Beim Zauberwort »Flugplatz« hatten sich seine Ohren aufgerichtet.

»Laufzeit«, sagte Jack, und Tally sprang sofort auf die Füße und hüpfte vor Freude auf und ab, als wäre der Boden ein Trampolin. Der Wohnwagen schaukelte, dass Gläser und Bestecke im Schrank klirrten und klapperten. Tally Ho schien vor Vergnügen zu grinsen. Er schüttelte heftig den Kopf und jaulte.

»Schaff ihn raus, bevor er hier alles zertrümmert«, sagte Maureen, und Jack trat zur Seite, damit Tally Ho aus der Tür schießen konnte wie der Korken aus einer Sektflasche.

Mit einem Satz war er aus dem kleinen Garten und vollführte vor dem Wagen weitere Hüpfer. Jack öffnete die hintere Tür und sagte: »Hopp.« Tally Ho sprang auf den Rücksitz. Im Nu setzte er über die Rückenlehne und ließ sich auf dem Vordersitz nieder. Jack öffnete die Beifahrertür und befahl: »Raus!«

Tally schaute ihn ungerührt an und wandte sich demonstrativ ab. Allem Anschein nach war er plötzlich taub geworden und hatte in weiter

Ferne etwas entdeckt, das wahnsinnig interessant war.

»Tally, raus!«, wiederholte Jack, und Tally tat, als beobachtete er eine Elster, die über den Wohnwagen flog.

Jack war in der australischen Armee gewesen und erwartete, dass seine Befehle befolgt wurden. Er nahm es nicht auf die leichte Schulter, wenn ein Untergebener ihm keine Beachtung schenkte. Er zerrte Tally vom Sitz und deponierte ihn wieder auf der Rückbank. »Bleib!«, sagte er und drohte dem Hund mit dem Zeigefinger. Tally schaute unschuldig zu ihm auf, als könnte er kein Wässerchen trüben. Jack schloss die Tür und ging um den Wagen herum auf die Fahrerseite. Er stieg ein, kurbelte alle Fenster auf, ließ den Motor an und rief über die Schulter nach hinten: »Kein Bombenabwurf im Auto, klar?«

Tally wartete, bis der Landrover in die Straße eingebogen war, ehe er mit Leichtigkeit wieder auf den Beifahrersitz sprang. Er setzte sich rasch hin und streckte den Kopf aus dem Fenster in den Fahrtwind, womit er eine gute Ausrede hätte, wenn er den Befehl seines Herrchens nicht hörte, sich nach hinten zu begeben. Jack hob die Augenbrauen, schüttelte den Kopf und seufzte. Tally Ho war zweifellos ein eigensinniger Hund und ordnete sich niemandem unter, nicht einmal Jack.

Er kam nie auf den Gedanken, er könnte nicht gleichgestellt sein, und in dieser Hinsicht war Tally fast wie eine Katze, obwohl ihm dieser Vergleich bestimmt nicht gefallen hätte.

Nach sieben Kilometern hielt der Wagen vor der Umzäunung des Flugplatzes von Paraburdoo an, und Tally Ho durfte aussteigen. Eine leichte Cessna holperte über die Piste und hob ab. Tally jagte den Schatten des kleinen Flugzeugs über den Boden und stürzte sich darauf. Der Schatten lief weiter, und Tally rannte begeistert hinterher, stürzte sich immer wieder darauf und wunderte sich, wieso er ihm dauernd entkam.

Jack stieg wieder in den Wagen und fuhr fort. Er hupte, und Tally stellte die Ohren auf.

Es war ein glühend heißer Tag im Februar, wenn in Australien Hochsommer herrscht, und die Pflanzen sahen aus, als wären sie in einem Ofen gedörrt worden. Es war einer jener Tage, an denen einen die Hitze vor den Kopf stößt, sobald man vor die Tür tritt, und die Sonne wie eine heiße Messerklinge auf dem Gesicht brennt. Die Luft flimmert und verzerrt den Blick in die Ferne, und man kann nicht glauben, dass es wirklich so heiß ist, selbst wenn man schon jahrelang dort wohnt und daran gewöhnt sein sollte. Hat man eine kahle Stelle und trägt keinen Hut, fühlt es sich an, als sei die Kopfhaut aus Papier, das gerade angesengt wird. Es ist, als dringe die Hitze direkt durch das Hemd. Deshalb beeilt man sich, von einem schattigen Fleckchen zum nächsten zu kommen, und alles sieht weiß aus, als hätte die Sonne jede Vorstellung von Farbe ausgelöscht.

Sogar die rote Erde wirkte weniger rot. Besucher dieser Gegend können nicht glauben, dass die Bergwerksgesellschaften tatsächlich überall die vielen Haufen roter Steine und roter Erde hinterlassen durften, ohne sich auch nur im Geringsten darum zu kümmern, doch das Merkwürdige ist, dass all jene Stein- und Erdhaufen von der Natur dorthin geschafft wurden, als hätte sie aus einer Laune heraus entschieden, das unordentlichste und sorgloseste Verhalten der Menschheit nachzuahmen. Der Unterschied ist nur, dass der Natur das alles ohne Zuhilfenahme von Bulldozern, Baggern und Kipplastern gelungen ist. Durch diese unwirtliche Landschaft galoppierte Tally Ho hinter der von Jack Collins' Wagen aufgeworfenen Staubwolke her und wirbelte selbst eine kleine rote Fahne hinter sich auf. Sein ganzer Körper bebte vor Freude an diesem Lauf, obwohl der Tag glühend heiß war und Tally Ho die Augen gegen den Staub zusammenkneifen musste. Er war jung und stark, er strotzte vor überschüssiger Energie, und die Welt war noch neu und wunderbar. Er konnte sich daran ergötzen, mit Wucht das

Unmögliche erreichen zu wollen, und so rannte er hinter dem Wagen seines Besitzers her, als könnte er ihn ohne Schwierigkeiten einfangen. Seiner Meinung nach fing er ihn tatsächlich, denn nach sieben Kilometern stand er da, geparkt vor dem Wohnwagen. Der Motor tickte noch, während er abkühlte. Er hatte die Jagd aufgegeben, zu erschöpft, um weiterzumachen. Wäre es nach Tally gegangen, hätte er weitere sieben Kilometer laufen können, und dasselbe noch einmal, und er hätte den Wagen dreimal eingeholt. Zu Hause angekommen, sprang er zur Tür herein, steuerte direkt auf seine Wasserschüssel zu und schlürfte sie leer. Dann ging er mit hängender Zunge, von der es auf das Linoleum tropfte, wieder ins Freie und legte sich in den Schatten eines schwarzen Mulgabaumes.

An jenem Abend öffnete Mrs. Collins eine große Dose Hundefutter, und Jack stellte seine Stoppuhr auf null. Tally Ho hatte die besondere Gabe, sein Futter in Windeseile hinunterzuschlingen, und bisher belief sich sein Rekord für eine 700-Gramm-Dose auf geschlagene elf Sekunden. Tally Ho legte die Vorderpfoten auf den Tisch, um zuzusehen, wie das Fleisch in seinen Napf geschüttet wurde, und Mrs. Collins sagte mit betont schroffer Stimme: »Runter, Tally! Sitz!« Er ließ sich zu Boden plumpsen und setzte

seine erbärmlichste, flehendlichste Miene auf, sodass es ihr Leid tat, obwohl sie genau wusste, dass
er nur spielte. Er seufzte und hob zuerst eine Au-
genbraue, dann die andere. Sein ganzer Körper
bebte vor Verlangen, die Muskeln in seinen Beinen warteten nur auf den Moment, da er sich auf
sein Abendessen stürzen konnte.

»Bist du bereit?«, fragte Mrs. Collins, und Jack
Collins nickte. Sie stellte den Fressnapf auf den
Boden. Tally sprang auf, und Jack drückte auf den
Startknopf seiner Stoppuhr. »Nicht zu fassen!«,
rief er. »So ein hungriger Bastard! Zehn Komma
eins Sekunden. Wirklich beeindruckend.«

Tally säuberte seinen Napf gewissenhaft mit
der Zunge, und zum Schluss leckte er ihn noch
einmal aus, nur um sicherzugehen, dass kein Krü-
mel mehr übrig blieb. Anschließend trollte er sich
nach draußen und legte sich wieder in den Schatten des Baumes. Sein Bauch fühlte sich angenehm
gespannt an, und er schlief bald ein. Er träumte
von Futter und Abenteuern. Als er eine halbe
Stunde später erfrischt wieder aufwachte, blieb er
eine Zeit lang liegen und genoss die zunehmende
Kühle des Abends. Er überlegte, ob er nicht ein
wenig umherstreifen sollte. Er war neugierig, was
in der weiten Welt passierte, und der Gedanke, er
könnte etwas verpassen, war ihm unangenehm.
Er erhob sich, blieb kurz stehen, um noch ein

wenig nachzudenken, und machte sich dann auf den Weg vorbei an den anderen Wohnwagen hinaus in die Wildnis. Er stieß auf einen Pfad, den Kängurus durch die Igelgräser gebahnt hatten, und folgte ihm frohen Mutes. Rasch verlor er jedes Zeitgefühl, vollkommen vertieft in all die rätselhaften Gerüche und Geräusche. Er war sicher, dass er ein Bilby oder ein Quoll aufspüren würde.

Am Morgen meinte Jack Collins: »Ich glaube, Tally ist wieder in den Busch gezogen«, woraufhin Maureen Collins erwiderte: »Ich fürchte, eines Tages verschwindet er für immer.«

»Sag das nicht«, bat ihr Mann. »Er kommt am Ende immer wieder zurück.«

»Da steht der Ruf der Wildnis gegen den Ruf des Fressnapfes«, lachte Mrs. Collins.

»Obwohl er immer satt zu sein scheint, wenn er zurückkehrt.«

»Vielleicht wird er auch noch von anderen Leuten gefüttert.«

»Das würde mich nicht wundern«, sagte Jack. »Tally ist auf Draht, wenn es ums Futter geht.«

Drei Tage später, als das Paar schon beinahe die Hoffnung aufgegeben hatte, ihn je wieder zu sehen, tauchte Tally Ho wieder auf, pünktlich zum Abendessen. Er hatte Durst, sein Bauch war rund und voll, auf der Nase hatte er einen langen Kratzer, ein freundliches Andenken an eine Wildkatze, die er auf dem Kängurupfad getroffen hatte, und er grinste selbstzufrieden. An jenem Abend verputzte er eine große Dose Hundefutter in sage und schreibe neun Sekunden.

RED DOG
GEHT NACH DAMPIER

Irgendwann mussten Maureen und Jack Collins von Paraburdoo nach Dampier umziehen, eine 350 Kilometer lange Reise bei großer Hitze über eine schwierige, ausgefahrene Piste. An manchen Stellen kreuzen Wasserläufe den Weg, und der Wagen kann bis zu den Achsen im Schlamm versinken, und man bleibt stecken, bis ein anderes Fahrzeug kommt und einen rauszieht. Für gewöhnlich nimmt man vorsichtshalber Verpflegung und Wasser für ein paar Tage mit.

Die Straße führt an der Eisenbahnstrecke entlang, auf der das Eisenerz vom Mount Tom Price nach Dampier transportiert wird, und oft sieht man endlos lange Züge, deren Waggons man unmöglich zählen kann, übervoll mit roter Erde. Sie brauchen drei riesige Lokomotiven, die sie langsam durch die unermessliche Wildnis ziehen.

Vor dieser anstrengenden Reise fort von Paraburdoo öffnete Jack Collins zur Vorbeugung alle Wagenfenster, damit Luft hereinkam und der Innenraum nicht in einen Ofen verwandelt wurde. Er begann, ihn mit den kostbaren und zerbrechlichen Sachen zu beladen. Größere und schwere Gegenstände kamen hinten in den Anhänger.

In der Kochecke des Wohnwagens packte Maureen Collins kalte Getränke und Sandwichs in eine Kühltasche, denn anständige Raststätten waren unterwegs nicht allzu dicht gesät. Aus demselben Grund vergaß sie auch nicht, Toilettenpapier ins Handschuhfach zu legen. Man wusste nie, wann man anhalten und ein Stück in die dornigen Kassiaakazien laufen musste.

Als sie abfahrbereit waren, rief Jack nach Tally Ho und hielt ihm die hintere Tür des Landrovers auf. »Hopp!«, befahl er, und als Tally hineinhüpfte, schlug Jack schnell die Tür zu und sprang auf den Fahrersitz, noch ehe der Hund einen Satz nach vorn machen und dort Platz nehmen konnte. Tally schmollte und überlegte, ob er nicht auf Maureens Schoß klettern sollte. Es war jedoch gegen seine Prinzipien, den Sitz mit jemandem zu

teilen, deshalb seufzte er nur und fand sich damit ab, sich hinten einzurichten und das Kinn auf einen Kasten zu legen.

Früh am Morgen brachen sie auf, denn um diese Zeit war es noch erheblich kühler. Der Motor würde sich nicht so leicht überhitzen; außerdem war es einfach angenehm zu reisen, wenn der Tag noch frisch und jung war.

Kaum waren sie jedoch fünfzehn Kilometer weit gekommen, als Tallys Magen das Frühstück zu verarbeiten begann. Ein übler Gestank wälzte sich von hinten über die beiden Unglücklichen, die vorn saßen. »O Gott«, rief Maureen aus, »mach die Fenster auf! Tally hat wieder gestunken!«

»Die sind schon auf«, sagte ihr Mann, hielt sich mit einer Hand die Nase zu und lenkte mit der anderen, während sie durch die Furchen und Schlaglöcher der Straße rumpelten.

Maureen kramte in ihrer Tasche und fand ein Fläschchen Duftwasser. Sie gab ein paar Tropfen auf ihr Taschentuch und hielt es sich vor die Nase. Jack fand die Mischung aus Hundegestank und Lavendel nicht gelungen.

Tally setzte noch eine zweite Gaswolke frei, schlimmer noch als die vorherige. Maureen drehte sich um und gab ihm einen Rüffel. »Böser Hund!«, schimpfte sie. »Hör sofort damit auf, verstanden?« Tally indes schaute sie nur gekränkt und verwirrt an, als wollte er sagen: »Was will sie eigentlich?«

Sie waren nicht viel weiter gekommen, als Jack den Wagen auf freier Strecke anhalten musste. Er stieg aus und öffnete die hintere Tür. »Raus!«, befahl er. Tally sprang auf die Erde, denn er dachte, Jack hätte ihn zu einem netten Spaziergang durch die Eukalyptusbäume aufgefordert. Sein Herz schlug ein wenig höher bei dem Gedanken an all die Emus und Schlangen mit ihren Löffelnasen.

Jack packte Tally unter den Achselhöhlen, hob ihn in den Anhänger und setzte ihn zwischen Möbel und Kisten voller Kleinkram ab. Er sagte zu ihm: »Tut mir Leid, alter Junge, aber wenn du es nicht einhalten kannst, fährst du nicht bei uns mit. Du kannst von Glück sagen, dass wir dich nicht mitsamt deinem üblen Gestank hier draußen in der Wüste sitzen lassen.« Er tippte Tally mit dem Zeigefinger auf die Nase und sagte: »Guter Junge! Bleib!«

Tally schaute vorwurfsvoll zu ihm auf in der Hoffnung, sein Herrchen würde sich von einem traurigen Blick erweichen lassen, ihn wieder mit ins Auto zu nehmen, doch ohne Erfolg. Als der Wagen sich in Bewegung setzte, legte Tally sich zwischen die Beine eines Stuhls und ließ die Welt an sich vorüberziehen. Nichts gefiel ihm besser, als von einem Ort zum anderen zu reisen, und es bereitete ihm große Freude zu sehen, was vor sich ging.

»Meinst du, es geht ihm gut?«, fragte Maureen und schaute nach hinten. »Die Räder wirbeln furchtbar viel Dreck auf.«

Jack warf einen Blick in den Rückspiegel, sah die große Staubwolke, die sie hinter sich herzogen, und erwiderte: »Mir ist lieber, dass Tally dreckig wird, als dass ich mich mit dem ganzen Gestank abfinden muss.«

Nach vier Stunden erreichten sie Dampier. Maureen und Jack hatten sich beim Fahren abgewechselt, denn es war Schwerstarbeit, das Lenkrad auf einer so schlechten Strecke gerade zu halten, weshalb ihre Schultern schmerzhaft verspannt waren.

Mit steifen Gliedern stiegen sie aus dem Wagen, reckten sich, fächelten sich in der Hitze mit den Händen Luft zu und schauten nach ihrem Hund. Als sie ihn sahen, legten sie die Hände auf den Mund und lachten. Tally schaute zu ihnen auf und wedelte untröstlich mit dem Schwanz. Das Einzige, was sie von ihm sahen, waren zwei traurige, bernsteingelbe Augen, denn alles Übrige war mit einer fingerdicken Schicht aus dunkelrotem Schmutz und Staub überzogen.

TALLY HO BEIM GRILLFEST

»Hast du nicht Lust, mit Tally am Strand spazieren zu gehen?«, fragte Maureen. Gegen Abend
hatte es angenehm abgekühlt, außerdem konnte
sie sich gut vorstellen, das Haus eine Weile für
sich allein zu haben.

Jack schaute auf seine Uhr. »Gar keine schlechte Idee«, sagte er. »Ich habe noch ein bisschen Zeit
totzuschlagen, ehe meine Schicht beginnt, und
Tally könnte etwas Auslauf gut gebrauchen.
Stimmt's, mein Freund?« Tally schien einverstanden, obwohl er gerade ein paar Tage lang abgängig
gewesen und erst vor kurzem zurückgekehrt war.
Die beiden brachen also zum Strand von Dampier
auf, gerade als sich der Himmel im Westen an den
Rändern golden zu färben begann. Ein Eisvogel

Kennen Sie unseren Onlineshop?

Bei uns können Sie aus
über 7 Millionen Artikeln
Ihre Favoriten wählen.

Kennen Sie unseren Onlineshop?

flötete »pukie, pukie, pukie«, als er über sie hinwegflog, und eine Schar gabelschwänziger Mauersegler schrie »dsie, dsie, dsie«, als sie in entgegengesetzter Richtung aufstieg und wirbelnd hinter Insekten herschoss. Mann und Hund gingen hinunter an den Strand, wo eine sanfte Dünung kleine Wellen auf den Sand schwappen ließ. Gegenüber lag die Insel mit dem doppeldeutigen Namen East Intercourse Island, »Östliche Verkehrsinsel«, und im Südwesten davon sah man Mistaken Island, die »Irrtumsinsel«, knapp über dem Meeresspiegel aufragen. Niemand wusste allerdings zu sagen, womit die Insel einen so schrulligen Namen verdient, das heißt, wer sich ursprünglich worin geirrt hatte. Die herrlichen Inseln des Dampier-Archipels lagen vor der Küste wie eine Kette im Ozean aufgereiht.

Ein Mann angelte im seichten Wasser nur mit einer Schnur in der Hand und hoffte, einen Hornhecht für die Pfanne zu fangen, doch was Tally Ho wirklich interessierte, war der köstliche, würzige, saftige Duft gegrillter Steaks, Lammkoteletts und Würstchen. Er stellte die Ohren auf, das Wasser lief ihm im Maul zusammen, und jeder Winkel seines Gehirns begann, hinterhältige Pläne zu schmieden. Jack Collins spürte, was los war, und hielt Tally am Halsband fest, noch ehe dieser fortlaufen konnte.

Als sie zwischen den Grillrosten hindurchgingen, stellte Jack verwirrt und erstaunt fest, wie viele Menschen Tally Ho bereits kannten. »Sieh mal, da ist Red Dog!«, sagte ein Mann, und ein anderer tätschelte ihm den Kopf und sagte: »Hallo, Blauer, wie geht's? Willkommen beim Grillfest!« Jack Collins wurde klar, dass Tally in der Zeit, in der er verschwunden war, viele Bekanntschaften geschlossen haben musste. Ihm kam der Gedanke, dass Tally vielleicht schon an einigen Grillfesten hier an diesem Strand teilgenommen hatte, der bei den Ortsansässigen ein beliebter Treffpunkt war, an dem man abends gemeinsam grillte.

Er lockerte seinen Griff nur einen Moment lang, und schon ergriff Tally die Chance, sich zu befreien und davonzuspringen. Jack rief ihm nach, doch Tally war viel zu beschäftigt, um ihn zu hören, und zu eigensinnig, um ihm zu gehorchen. Was Jack dann sah, ließ ihm vor Verlegenheit das Blut in die Wangen schießen.

Ein Mann holte mit einer Gabel Würstchen vom Grill und beugte sich vor, um sie auf einen Teller zu legen, der neben ihm auf einer Decke stand. Auf dem Teller war etwas Salat und ein paar neue Kartoffeln. Als drei Würstchen auf dem Teller lagen, richtete er sich auf, um eine Frikadelle vom Grill zu holen, und als er wieder nach unten schaute, musste er zweimal hinsehen. Die Würstchen waren verschwunden. Vor Überraschung blieb ihm die Luft weg, und er schüttelte verwirrt den Kopf. Er kratzte sich hinter dem Ohr und sah sich um. Jeder war mit sich selbst beschäftigt. »Meine Würstchen!«, sagte er. »Jemand hat mir die Würstchen geklaut!« Er rief dem Mann, der ihm am nächsten saß, zu: »He, du, hast du mir die Würstchen geklaut? Wenn ja, dann will ich sie wiederhaben!«

Der Mann wandte sich ihm kurz zu. »Ich war's nicht. Ich hab meine eigenen. Wenn du eine willst, gern.«

»Verdammt«, sagte der erste Mann, »sie waren gerade noch da, und dann waren sie weg.«

Jack Collins rief nach Tally, doch der Hund schleckte sich das Maul, um die letzten köstlichen Spuren Wurstfett aufzufangen, und plante seinen nächsten Raubzug. Er ließ sich auf den Bauch fallen und legte den Kopf flach auf den Sand. Die Nase zeigte in Richtung auf ein wunderbar fleischiges Steak, das gerade auf einen Teller gelegt worden war. Der Mann, der es essen wollte, schaute eine Sekunde lang weg. Schon schoss Tally hinzu und schnappte es sich, weshalb seinem Opfer nur noch eine in Scheiben geschnittene Tomate und ein paar Spuren Senf übrig blieben. Tally verschlang das Steak und machte sich auf die

Suche nach einer Frikadelle, die er ganz genau am anderen Ende des Strandes erschnüffelte.

»Hast du mein Steak geklaut?«, beschuldigte der zweite Mann seinen Nachbarn, und »Wer hat meine Würstchen stibitzt?«, rief der erste Mann, dem sich bald der Ausruf anschloss: »Verflixt, wo ist denn meine Frikadelle?«

Jack sah das alles und schlich möglichst leise und unauffällig davon. Er wusste, dass Tally den Heimweg allein finden würde, und er wollte nicht herumlungern, um am Ende für das Benehmen seines Hundes verantwortlich gemacht zu werden. Ein verärgerter Bergarbeiter war nicht unbedingt einer, mit dem man Streit anfangen wollte.

RED DOG
LERNT JOHN KENNEN

»Ich glaube nicht, dass er zurückkommt«, sagte Maureen Collins.

»Ja, so lange war er noch nie weg«, erwiderte Jack und schüttelte den Kopf.

Sie waren ein wenig traurig, als hätten sie beide gewusst, dass sie ihn verlieren würden, und als hätten sie versucht, nicht darüber nachzudenken.

»Ich hoffe nur, dass er nicht überfahren worden ist.«

»Das hätten wir gehört. An einem so kleinen Ort wie diesem verbreiten sich Neuigkeiten in Windeseile. Jedenfalls hat dieser Hund mehr Leben als eine Katze.«

»Ich habe gehört«, sagte Maureen, »dass er von Tür zu Tür gegangen ist und gebettelt hat.«

»Er hat den Dreh raus, Futter ausfindig zu machen, da kannst du sicher sein«, sagte Jack.

»Dann glaube ich auch, dass es ihm gut geht. Trotzdem ist es ein Jammer. Der kleine Kerl fehlt mir.« Tally hatte sein Zuhause schließlich verlassen. Im Gegensatz zu den meisten Hunden, die glücklich sind, wenn sie den Tag verschlafen oder müßigen Betrachtungen darüber nachhängen können, was um sie herum geschieht, fand er das Leben zu interessant, um nur an einem Ort zu bleiben. Er wollte sehen, wie die Welt war, wollte wissen, was hinter der nächsten Ecke passierte, wollte mitmischen.

Er war zu gescheit, seine Zeit mit Langeweile zu vertun, und obwohl es viele Menschen gab, die er mochte, hatte er noch niemanden gefunden, den er wirklich so lieben konnte, wie man es von Hunden gemeinhin annimmt. Es gab niemanden, dem er bedingungslos zugetan war. Er würde hin und wieder bei Jack und Maureen vorbeischauen, und er würde sich immer freuen, sie zu sehen. Er blieb dann vielleicht zwei Tage bei ihnen und ließ sich von ihnen Futter und Wasser vorsetzen, doch er wusste ebenso gut wie sie, dass er ein für alle Mal ausgezogen war.

Er hatte Glück, dass in dem Ort viele einsame Männer lebten. Hier hatten ein paar Aborigines und noch weniger Weiße gelebt, bevor die Eisenerz- und Salzgewinnungsfirmen kamen, doch erst vor kurzem hatte eine massive, rasche Entwicklung eingesetzt. Neue Docks wurden gebaut, neue Straßen, neue Häuser für die Arbeiter, eine neue Eisenbahnstrecke und ein neuer Flugplatz. Um das alles anzulegen, waren Männer zu Hunderten aus allen Winkeln der Welt hierher gekommen und hatten nichts als ihre Körperkraft, ihren Optimismus und ihre Erinnerungen an eine ferne Heimat mitgebracht. Einige waren auf der Flucht vor einem schlechten Leben, manche hatten keine Ahnung, wie ihr Leben aussehen sollte, andere wiederum hatten große Pläne, wie sie vom Tellerwäscher zum Millionär aufsteigen konnten.

Sie waren entweder wurzellos oder entwurzelt. Sie kamen aus Polen, Neuseeland, Italien, Irland, Griechenland, England, Jugoslawien und auch aus anderen Teilen Australiens. Die meisten hatten weder Frau noch Kinder mitgebracht, und sie wohnten vorübergehend in großen Hütten, die auf Anhängern die weite Strecke von Perth hierher geschleppt worden waren. Einige waren grob und einige freundlich, manche waren ehrlich, andere nicht. Es gab welche, die gewalttätig wurden, wenn sie betrunken waren, und Streit

anfingen, es gab welche, die still und traurig waren, und es gab Männer, die Witze erzählten und
überhaupt überall glücklich sein konnten. Ohne
Frauen, die auf sie aufpassten, verwandelten sie
sich leicht in Exzentriker. Es kam vor, dass ein
Mann sich den Kopf schor und einen riesigen
Bart wachsen ließ. Er ging vielleicht für eine Woche nach Perth oder auf eine Sauftour nach Rottnest Island und kam mit einem schrecklichen
Kater und vielen schmerzhaften Tätowierungen
zurück. Er trug vielleicht alte Socken, und seine
Hosen waren durchlöchert. Es konnte sein, dass
er sich eine Woche lang nicht wusch, oder er las
die ganze Nacht Bücher, sodass er morgens rote
Augen hatte und müde war, wenn es an der Zeit
war, zur Arbeit zu gehen. Sie alle waren Pioniere
und hatten gelernt, in dieser Landschaft, die beinahe eine Wüste war, ein hartes, schlichtes Leben
zu führen.

Diese muskulösen Individuen schlossen Tally
rasch in ihr Herz. Ihnen wurde wenig Zuneigung
im Leben entgegengebracht, und sie konnten sich
trotz der vielen Arbeitskollegen einsam fühlen.
Daher war es gut, einen Hund zu haben, den man
streicheln und mit dem man balgen konnte. Es
war gut, einen Hund zu haben, mit dem man redete, der einen nie beschimpfte und immer froh
war, einen zu sehen. Auch Tally mochte sie, weil

sie seine Ohren zausten und ein wenig mit ihm
rauften, weil sie ihn auf den Rücken rollten, um
seinen Bauch zu kitzeln. Sie fütterten ihn mit vielen Happen von ihren Sandwichs und Tellern,
und sie brachten ihm Extrarationen vom Metzger
mit. Obwohl er manchmal tagelang verschwunden war, stand immer eine Dose Hundefutter auf
dem Regal neben dem Werkzeug und den Öllap-
pen, und es war immer ein Stück Steak vom Grillfest am Wochenende übrig.

Niemand kannte seinen richtigen Namen, und
über kurz oder lang nannte man ihn einfach »Red
Dog«. Ein Hund freut sich, wenn er viele Namen
hat, und es störte ihn nicht, wenn ihn jemand einfach nur »Red« rief. Im Übrigen war Tally ja auch
ein roter Hund. Er war ein Red Cloud Kelpie,
eine feine alte australische Schäferhundrasse, sehr
klug und tatkräftig, doch manche meinten, unter
den Vorfahren von Red Dog könnte vielleicht
auch ein australischer Cattle Dog gewesen sein.
Tally war einer von drei Welpen eines Wurfs, und
er wuchs zu einem Hund mit herrlichem, kupfer-
farbigem Fell, bernsteingelben Augen und spitzen
Ohren heran. Sein Schwanz war leicht buschig
und das Fell an Schultern und Brust dick wie eine
Mähne. Seine Stirn war breit, und die Spitze seiner braunen Nase strebte ein wenig nach oben.
Sein Körper war stämmig und stark, und wenn

man ihn aufhob, war man überrascht, wie schwer er war.

Red Dog und die Männer der Hamersley Iron Transport Section lernten sich kennen, weil einer ihrer Busfahrer ihn adoptierte. Er war der einzige Mensch, dem Red Dog jemals gehörte.

John war kein großer, grimmiger Mann wie viele andere Bergarbeiter. Er war klein und noch ziemlich jung, und er liebte Tiere über alles. Er hatte hohe Wangenknochen, denn er war zur Hälfte Maori, und es hieß, er sei allen ein guter Freund. Eines Tages lernte John Red Dog auf einer Straße in Dampier kennen, als er gerade vor seinem Bus stand und auf einige seiner täglichen Passagiere wartete. Als er Red Dog erblickte, reagierte er mit spontaner Freude, ging auf einem Knie in die Hocke und sagte: »He, Kleiner! Komm!« Er schnippte mit den Fingern und schnalzte mit der Zunge. Red Dog, ganz in Gedanken versunken, blieb stehen und schaute ihn an. »Komm schon, Junge«, sagte John, und Red Dog wedelte mit dem Schwanz. »Komm und sag guten Tag«, sagte John.

Red Dog ging zu ihm, und John nahm die rechte Pfote in die Hand. Er schüttelte sie und sagte: »Nett, dich kennen zu lernen, Kumpel.« John nahm Red Dogs Kopf in beide Hände und schaute ihm in die Augen. »He, du bist ja eine

Schönheit«, sagte er, und Red Dog wusste so-
gleich, dass sein Leben ab sofort eine neue Richtung nehmen würde.

Als die Bergarbeiter kamen, um in ihren großen gelben Bus zur Arbeit zu steigen, saß John
auf dem Fahrersitz und Red Dog auf dem Platz
hinter ihm.

RED DOG
UND NANCY GREY

Eines Tages erschien jemand am Bus, den noch niemand zuvor gesehen hatte. Nancy Grey war neu in der Stadt und hatte bei Hamersley Iron als Sekretärin angefangen. Von Red Dog hatte sie noch nie etwas gehört.

Als sie in an ihrem ersten Arbeitstag in den Bus stieg, war dieser bereits voller Bergarbeiter, und alle Plätze waren besetzt, außer einem Sitz hinter dem Fahrer, auf dem ein roter Hund saß. Sie betrachtete die Reihen grinsender Männer, und sie sah den roten Hund an, der den Kopf abwandte, als hätte er sie nicht bemerkt.

Keiner der Männer bot ihr seinen Platz an, denn sie wollten sehen, was passieren würde, wenn Nancy versuchte, Red Dog von der Stelle zu bewegen.

»Runter!«, befahl Nancy, die sich von einem Tier nichts gefallen lassen wollte. Red Dog schaute zu ihr auf und richtete sich noch häuslicher auf seinem Sitz ein.

»Böser Hund!«, schimpfte Nancy, woraufhin Red Dog die Lefzen krauste und leise knurrte. Nancy erschrak ein wenig und wich zurück, war sich zugleich aber sicher, dass dieser Hund sie niemals beißen würde. Dafür war sein Ausdruck nicht grimmig genug. Die Männer im Bus lachten sie aus. »Sie werden ihn von dort nie vertreiben!«, sagte einer.

»Das ist sein Platz«, sagte ein anderer. »Niemand sitzt da, wenn Red es nicht will.«

Nancy betrachtete die Männer und wurde rot. Es war peinlich, sich von einem Hund und einer Busladung Bergarbeiter die Stirn bieten zu lassen. Fest entschlossen, nicht klein beizugeben, setzte sie sich behutsam auf die äußere Kante des Sitzes, wo sie Red Dog nicht in die Quere kam.

Aber es störte Red Dog. Das war sein Platz, und alle wussten das. Mehr noch, der ganze Sitz gehörte ihm, nicht nur die Hälfte. Seitdem er John kennen gelernt hatte, war er, wann immer er wollte, in den firmeneigenen Bussen umhergereist. Dabei spielte es keine Rolle, wer fuhr, und er hat-

te immer den Sitz hinter dem Fahrer belegt. Der Platz gehörte ihm und keinem anderen. Red Dog zeigte Nancy die Zähne und knurrte noch einmal.

»Oh, du bist aber äußerst charmant!«, sagte sie, rührte sich aber nicht vom Fleck.

Red Dog sah ein, dass seine Drohgebärden zu nichts führten, und beschloss daher, die Frau vom Sitz zu schieben. Er drehte sich um, schob die Schnauze unter ihren Oberschenkel und drückte. Sie war überrascht, wie kräftig er war, und kippte beinahe hinunter. Die Männer hinter ihr brachen erneut in Gelächter aus, doch sie ließ sich nicht beirren.

»Ich weiche nicht vom Fleck«, teilte sie dem Hund in aller Ruhe mit, »du wirst dich also mit mir abfinden müssen.«

Red Dog dachte aber auch nicht daran nachzugeben und schob Nancy so lange zur Seite, bis sie nur noch mit einer winzigen Partie ihres Hinterteils auf dem Sitz saß. Er meinte, seinen Standpunkt dargelegt zu haben, und ließ sie dort in dieser unbequemen Stellung hocken.

Tags darauf stieg Nancy abermals in den Bus, und wieder saß Red Dog hinter dem Fahrersitz. »O nein«, dachte sie, denn der Bus war wie immer voll, und alle Männer warteten gespannt darauf, was passieren würde. Als sie am Morgen zuvor ins Büro gekommen war, hatte man ihr von dem Hund erzählt, und jetzt wusste sie, dass es sich um den Hund handelte, der nach Belieben durch die Gegend fuhr. Er lebte hauptsächlich in den Werkstätten des Transportunternehmens und hatte ein wachsames Auge auf das, was vor sich ging, und er war vollwertiges Mitglied der Transportarbeiter-Gewerkschaft. Wenn in der Werkstatt nichts los war, trampte er durch die Gegend. Zuweilen fuhr er mit dem Wasserlastwagen, manchmal mit firmeneigenen Sattelschleppern, dann wieder mit einem der riesigen Lastzüge, die bis zu fünf Anhänger hatten.

Da er immer mehr Menschen kennen lernte, fuhr er auch in deren Privatwagen mit. Man musste auf Red Dog aufpassen, wenn man unterwegs war, denn er vergaß kein Fahrzeug, das ihn einmal mitgenommen hatte. Er erinnerte sich sowohl an die Farbe als auch an das Geräusch des Motors, und er wartete so lange am Straßenrand, bis ein solches Fahrzeug vorbeikam. Ganz plötzlich sprang er dann vor den Wagen, sodass man mit quietschenden Reifen anhalten und ihn einsteigen lassen musste. Man lernte also, auf ihn ebenso zu achten wie auf Fels-Wallabys und Wallaroos. Red Dog bestand stets darauf, vorn zu sitzen, vor allem in den Firmenbussen und ganz besonders dann, wenn John fuhr, und daran war nicht zu rütteln.

Nancy rückte ein Stück näher an Red Dog heran als tags zuvor. Er schaute sie von der Seite an und zeigte ihr das Weiße in seinen Augen, als wollte er sie beißen. Aber er beugte sich nur vor, steckte die Schnauze unter ihren Oberschenkel und versuchte noch einmal, sie vom Sitz zu schieben. Nancy war sich des Kicherns der Männer im Bus bewusst und sagte so würdevoll, wie es ihr möglich war: »Ihr seid alle nicht galant.«

Diese Bemerkung schien Red Dog etwas aus der Fassung zu bringen. Er richtete sich auf und tat so, als säße außer ihm niemand auf dem Sitz. Wenn er diese halsstarrige Frau nicht von der Stelle bekam, würde er sie einfach mit der Verachtung strafen, die sie verdient hatte. Er ließ zu, dass sie mit ihrem Hinterteil noch ein Stück weiter auf den Sitz rückte.

Am nächsten Morgen merkte Red Dog, dass er

sich geradezu darauf freute, neben Nancy zu sitzen, und als sie neben ihm Platz nahm, vergaß er, dass er sie vom Sitz schubsen wollte. Er versuchte stattdessen, sich einfach ein bisschen reserviert zu verhalten, doch als sie sagte »Hallo, Red!« und ihm den Kopf tätschelte, kam er nicht umhin, auf Hundeart zu lächeln. Er klopfte mit dem Schwanz auf den Sitz, nur einmal, und schaute dann wieder angestrengt aus dem Fenster, denn für den Anfang wollte er nicht zu sehr nachgeben.

Nancy drehte sich nicht um, doch ihr war klar, dass die Bergarbeiter beeindruckt waren und sich nicht mehr über sie lustig machten. Sie wusste, dass sie in dem Moment, als sie Red Dog besiegt hatte, auch einen Sieg über die Arbeiter errungen hatte.

Von diesem Augenblick an wurden Red Dog und Nancy Freunde. Es gab nicht viele, die sich das zutrauten, doch Nancy setzte sich neben ihn, wann immer sie wollte.

NANCY, RED DOG UND JOHN

Damals gab es dort in der Gegend nicht viele allein stehende Frauen, und wenn einmal eine aufkreuzte, dann gerieten alle allein stehenden jungen Männer in helle Aufregung. Sie stellten Mutmaßungen darüber an, wie sie wohl sein mochte und ob irgendjemand eine Chance bei ihr hätte. Wurde jemand bei einem Plausch mit einer jungen Frau gesehen, hänselten ihn die anderen Männer mit den Worten »Bildest dir wohl ein, du hättest Chancen, was, Kumpel?« oder »Wieso meinst du, sie steht auf einen dünnen kleinen Zwerg wie dich, solange es richtige Kerle wie uns gibt?«.

John lernte Nancy kennen, weil Red Dog sie auf dem Platz hinter dem Fahrer neben sich sitzen ließ. Auf diese Weise konnte er während der

Fahrt ein paar Worte mit ihr wechseln. Eines Tages hatten sie Gelegenheit, richtig miteinander zu reden, denn Red Dog hatte so entsetzlich gestunken, dass der Bus vollkommen evakuiert werden musste, ehe das Einsteigen wieder ratsam war. Selbst Red Dog stieg aus und stellte sich zu den anderen, wedelte freundlich mit dem Schwanz, als erwartete er, dass man ihm gratulierte.

John schaute Nancy schüchtern an, und sie lächelte zurück. Sie beugten sich beide vor, um Red Dog am Kopf zu kraulen, und ihre Hände berührten sich. Sie lachten etwas verlegen, und John sagte: »Haben Sie gehört, was gestern passiert ist? Ein neuer Fahrer war im Bus und hat versucht, Red hinauszuwerfen.«

»Tatsächlich?«, fragte Nancy.

»Ja, und Red Dog hat das nicht gepasst, und er hat den Fahrer angeknurrt. Dann haben die Kumpels ihn angeschrien und verhöhnt.«

»Und dann?«

»Na ja, sie haben ihm klar gemacht, was Sache war, und der neue Fahrer musste Red weiter mitfahren lassen. Als der Fahrer sich im Depot erkundigte, haben wir ihm jedenfalls alles über Red erzählt, und jetzt ist er klüger.«

»Ich habe neulich etwas Lustiges erlebt, das war so ähnlich«, sagte Nancy. »Red war im Einkaufszentrum, und Sie wissen ja, dass an der Tür

steh ›Hunde dürfen hier nicht rein‹. Er lag also
da im Eingang, weil es draußen brütend heiß war
und er die Klimaanlage mochte. Keiner hat je versucht, ihn zu vertreiben, weil er nicht irgendein
dummer Hund ist.«

»Ja, ich weiß«, sagte John.

»Im Einkaufszentrum arbeitet nun eine Neue.
Die heißt Patsy oder so, und sie wusste nichts
über Red. Sie sieht ihn dort liegen, und alle Männer sind drinnen, denn es ist Mittagszeit, und sie
sitzen da und essen ihre Sandwichs und Hühner-
beine. Jedenfalls sieht Patsy Red Dog da liegen
und befiehlt ihm rauszugehen, aber er weigert
sich. Sie packt ihn am Halsband und zerrt ihn
raus, wobei seine Füße über die Fliesen schleifen,
denn er ist entschlossen, nicht von der Stelle zu
weichen. Sie macht die Tür zu, und ehe man sich's
versieht, ist Red Dog wieder da und legt sich ge-

nau da hin, wo er vorher gelegen hat. Patsy fängt ein Heidentheater an und versucht, ihn wieder rauszuziehen, und dann fallen alle Männer über sie her, wissen Sie, buhen sie aus und werfen mit Hühnerknochen und Orangenschale, sodass sie am Ende aufgibt. Jetzt weiß sie, dass sie ihn nicht mehr stören darf.«

»Das ist mein Hund«, sagte John, und ein Bergarbeiter tippt ihm auf die Schulter. »Hör zu, mein Junge. Wir müssen zur Arbeit, also sei so gut und sieh nach, ob man wieder einsteigen kann.« John steckte den Kopf in den Bus und schnüffelte. Dann verkündete er: »Tut mir Leid, Jungs, es riecht noch immer ziemlich deftig. Ihr müsst noch einen Moment warten.«

Die Bergarbeiter stöhnten, und John sagte zu Nancy: »Im Open-Air-Kino läuft ein neuer Film. Hätten Sie Lust, mit mir hinzugehen?«

»Wie heißt er?«, fragte sie.

»Ich weiß nicht mehr«, antwortete John. »Soll aber gut sein.«

»Na gut«, sagte Nancy. »Ich verlasse mich auf Sie.«

An dem Abend, als sie sich verabredet hatten, säuberte John seinen Wagen und versprühte Duftspray und Antimückenspray. Er rasierte sich sorgfältig, um sich nicht zu schneiden, spritzte sich reichlich Rasierwasser ins Gesicht und zog ein sauberes neues Hemd und eine frisch gebügelte Hose an. Er hatte sich am Nachmittag noch die Haare schneiden lassen und die Schuhe geputzt. Jetzt musste er nur noch Red Dog loswerden und Nancy abholen. Nancy abzuholen wäre nicht schwer, aber Red Dog würde bestimmt Probleme bereiten, denn Red war ihm so treu ergeben, dass er ihm nahezu ständig an den Fersen klebte und es nicht ertrug, ihn lange aus den Augen zu verlieren. Wenn John Football spielte, lief Red Dog auf das Spielfeld und beteiligte sich, und wenn John Kricket spielte, fand Red Dog es irgendwie heraus, rannte auf das Spielfeld, erwischte den Ball vor den Feldspielern und wollte ihn nicht wieder hergeben.

John wollte sich an dem Abend, an dem er mit Nancy ausging, auf keinen Fall von Red Dog stören lassen. Er ließ ihn in den Wagen springen und

fuhr ihn bis zur Transportabteilung von Hamersley Iron, setzte ihn dort ab und bat die Fahrer, ihn
unter allen Umständen zu beschäftigen. Dann
holte er Nancy ab und fuhr mit ihr den langen
Weg nach Karratha ins Open-Air-Kino.

Kaum hatte er den Wagen neben allen anderen
abgestellt, ging das Licht aus und der Film fing
an. John hatte das Verdeck zurückgeschlagen, und
über ihnen funkelten die Sterne am Himmel. Es
war ein herrlicher, warmer Abend, und im hohen
Gras zirpten die Grillen. John hielt Nancy eine
Dose Bier hin und sagte: »Magst du ein Bier? Es
ist schön kalt.«

»Nein, danke, John«, antwortete Nancy und
schüttelte den Kopf. »Bier hat mir noch nie ge-
schmeckt.«

John war enttäuscht, denn er mochte Bier,
wusste aber, dass es nicht sehr schön war, jemanden zu küssen, der etwas getrunken hatte, wenn
man selbst nichts getrunken hatte. Es schmeckt
entsetzlich schal. Da er hoffte, Nancy später zu
küssen, beschloss er widerwillig, nichts zu trinken. Er gab vor, den Film anzuschauen, während
er überlegte, wie er den Arm um Nancys Schultern legen sollte, ohne aufdringlich zu wirken. Er
wartete eine gruselige Stelle im Film ab, und als
Nancy aufschrie, legte er seinen Arm um sie, natürlich nur, um sie zu trösten.

Das nächste Problem war die Frage, wie er sie küssen sollte. Dafür gab es anscheinend keine günstige Gelegenheit. Er müsste wahrscheinlich auf den schwierigen Moment warten, an dem er sie zu Hause absetzen und ihr eine gute Nacht wünschen würde.

Sie legte ihren Kopf an seine Schulter und kuschelte sich ein wenig an ihn, sodass John ihr einen kleinen Kuss auf die Schläfe drücken konnte. Es ging anscheinend bergauf. Schon war er drauf und dran zu riskieren, sie richtig zu küssen, als es vernehmlich an der Wagentür kratzte. Dort war der Lack bereits an verschiedenen Stellen abgekratzt.

»O nein«, sagte er.

»Was war das?«, fragte Nancy.

»Red«, sagte John, »er hat uns gefunden.«

Red Dog kratzte erneut, und John seufzte.

»Willst du ihn nicht reinlassen?«, fragte Nancy.

»Wenn's irgend geht, nicht. Du weißt doch, wie er ist.«

»Sei nicht gemein, John. Lass ihn rein.«

»Er schaut sich alle Filme an«, sagte John, »und er will immer bei jemandem sitzen, den er kennt. Er muss getrampt sein.«

»Ich mach ihm auf«, sagte Nancy. Sie öffnete die hintere Tür, und Red Dog sprang hinein, ließ selig die Zunge heraushängen und wedelte mit dem Schwanz.

»Das hättest du nicht tun sollen, Nance«, sagte John.

Eine Zeit lang sah es so aus, als sollte alles noch gut werden. Red Dog richtete sich auf der Rückbank ein und sah sich den Film an. Er wurde nur unruhig, wenn ein Tier auf der Leinwand erschien, und John gelang es, während einer weiteren Gruselszene einen Arm um Nancy zu legen. Wieder legte sie den Kopf leicht auf seine Schulter, und wieder hauchte John ihr einen Kuss auf die Schläfe. Red Dog legte die Pfoten auf die Rückenlehne der Vordersitze und zwängte seinen Kopf zwischen sie. »Er ist eifersüchtig!«, lachte Nancy, und John befahl ihm, sich hinzulegen und ruhig zu sein. Im Film bahnte sich eine romantische Szene an, und diesen Augenblick wählte John, um zu dem großen Kuss auf Nancys Mund anzusetzen, als sich ein scheußlicher Gestank von hinten über sie wälzte.

»Mist«, rief John, und Nancy öffnete die Tür und sprang hinaus. »Red«, sagte John matt, »du bist ein echt widerwärtiger Hund.«

Red Dog war offenbar zufrieden mit sich, und John und Nancy kamen nie zu ihrem Kuss. Es war eine Beinahe-Romanze von vielen. John behauptete immer, ihm sei wahrscheinlich keine Freundin vergönnt, solange Red Dog bei ihm war.

RED DOG UND DIE
PIEKFEINEN HÜNDCHEN

Eines Tages lag Red Dog unter der Werkbank in der Transportabteilung von Hamersley Iron, als ihn eine gewisse Unruhe beschlich. Es war nicht viel los, und er hatte an diesem Tag keine rechte Lust, mit den Bussen zu fahren.

Er hatte sich mit dem Führer einer dieser riesigen Lokomotiven angefreundet, die das Eisenerz vom Mount Tom Price nach Dampier transportierten, und war mehrere Male die ganze Strecke hin und zurück mitgefahren. Die Fahrt dauerte sehr lange, doch es war schön, vorn beim Lokführer zu sitzen und die Landschaft an sich vorüberziehen zu lassen. Abends sah er Wallabys und Kängurus; ihm gefiel der Anblick

der Stellen, an denen kleine Flüsse Teiche bilde-
ten, die von weißen Eukalyptusbäumen über-
schattet wurden.

Heute jedoch war Red Dog nicht danach zumute, mehrere Stunden in einem Zug zu verbrin-
gen, obwohl er danach Paraburdoo besuchen
könnte, wenn er mit einem der Bergarbeiter mit-
führe. An diesem Tag hatte Red Dog das Gefühl,
dass etwas Interessantes vor sich ging. Er hatte
ein ausgezeichnetes Gespür dafür, wann etwas
passieren würde. Er tauchte sogar auf, um genau
zu verfolgen, wenn jemand ein neues Haus bezog,
und nahm zwei Tage später an der Einweihungs-
party teil.

Red Dog stieg in einen der langen gelben Bus-
se, die nach Dampier fuhren. Sein Platz war besetzt, sodass Red Dog knurrte, bis der Mann
schließlich sagte: »Okay, okay, Red, hab schon ka-
piert.« Ohne Murren räumte er den Platz und
setzte sich weiter nach hinten. An der Kreuzung
mit der Hauptstraße zupfte Red Dog am Ärmel
des Fahrers und schlug so lange Krach, bis dieser
anhielt. Er stieg aus und wartete auf einen Wagen,
den er kannte.

Kurz darauf vernahm er das Motorengeräusch
von Patsys Wagen. Die Ventile klapperten, und
der Auspuff hatte ein kleines Loch. Sobald das
Fahrzeug auftauchte, sprang Red Dog auf die

Straße, und Patsy musste mit quietschenden Reifen anhalten.

»Du hast mich fast zu Tode erschreckt«, sagte sie, als sie zur Beifahrertür hinüberlangte, um ihm aufzumachen. Red Dog sprang hinein und vollführte eigenartige Bewegungen mit dem Kopf, die Patsy richtig als eine Bitte auslegte, das Fenster auf seiner Seite zu öffnen. Sie fuhren gemeinsam weiter, er mit dem Kopf aus dem Fenster, um den Fahrtwind abzubekommen, und sie versuchte nach dem plötzlichen Halt innerlich wieder zur Ruhe zu kommen. »Eines Tages«, sagte sie zu Red Dog, »wirst du von einem Auto zermalmt.«

Red Dog zeigte sich in keiner Weise erkenntlich. Er war an Schelte gewöhnt und nahm sie mit derselben vergnügten Gelassenheit hin, die ein Elefant an den Tag legen würde, wenn sich eine Maus über ihn beklagte. Auch Patsy sah ein, dass Red Dog einen eigenen Kopf hatte. Sie hatte es auf die harte Tour gelernt, war sie es doch gewesen, die versucht hatte, ihn aus dem klimatisierten Supermarkt zu werfen. Seither hatte sie ihn ebenso wie alle anderen lieben und achten gelernt und hielt stets nach ihm Ausschau, falls er eine Mitfahrgelegenheit brauchte.

Sie fuhren an den glitzernden weißen Salzbetten der Dampier Salt Company und an der schmalen Wasserrinne des Seven Mile Creek vorbei. Red Dog meinte, im Wind eine Spur von vielen anderen Hunden zu wittern.

Patsy wollte nach rechts in das Industriegebiet von Karratha abbiegen, doch Red Dog hatte andere Vorstellungen. Er ließ sie an der Ecke anhalten und sprang durch das Fenster, überquerte die Straße und trottete ins Stadtzentrum. Eine Weile fand er Gefallen daran, die Schatten von Vögeln zu jagen und sich auf sie zu stürzen, dann fing er wieder den Hundegeruch auf.

Red Dog mochte andere Hunde, doch mit denen, die er nicht leiden konnte, geriet er oft in Streit. Er fürchtete sich nie vor einem Kampf, doch dass man ihn anschließend mit beißenden Antiseptika betupfte, ärgerte ihn, deshalb ging er einer Auseinandersetzung lieber aus dem Weg, es sei denn, die persönliche Ehre stand auf dem Spiel, oder es handelte sich um extreme Abneigung. In diesem Fall zog ihm nicht der Hauch eines Feindes in die Nase. Er folgte dieser Spur, bis er ein Gelände erreichte, auf dem eines Tages der Parkplatz für das Einkaufszentrum von Karratha entstehen sollte, und stellte entzückt fest, dass dort tatsächlich Interessantes vor sich ging.

Die meisten Menschen besaßen Cattle Dogs oder Kelpies oder Promenadenmischungen, doch manche Menschen in der Pilbara hatten reinrassige Hunde. Sie waren stolz auf ihre Tiere und bedauerten, dass sie nie eine Möglichkeit hatten, mit ihnen zu prahlen. Deshalb hatten sie einen Hundeclub gegründet und hielten Hundeschauen und Wettbewerbe ab. Sie trafen sich zum vereinbarten Datum, eine Jury wurde ernannt, im Voraus wurden Rosetten und Urkunden angefertigt, und die Wettbewerber schnitten wie besessen verirrte Haare ab, wuschen und kämmten Felle, versuchten Schönheitsfehler zu vertuschen und unter-

zogen ihre Lieblinge einer strengen Ausbildung in Folgsamkeit.

Hier waren sie alle versammelt. Da waren Whippets aus Whim Creek, Rottweiler aus Roebourne, Pudel aus Port Hedland, Cairn-Terrier aus Carnarvon, Pekinesen aus Paraburdoo, Köter aus Pannawonica, Corgis aus Coral Bay, Dalmatiner aus Dampier, englische Schäferhunde aus Exmouth und sogar ein Mops aus Mungaroona, dessen Besitzer behauptete, es sei eine neue Züchtung.

Das Auswahlverfahren war inzwischen an dem Punkt angelangt, an dem alle Wettbewerbsteilnehmer in einer Reihe stehen und darauf warten, vortreten und ihre Auszeichnung in Empfang nehmen zu können und an dem alle Jurymitglieder gemeinsam beraten, um alle Punkte zu addieren und eine endgültige Entscheidung zu treffen.

Red Dog schaute sich diese Szene höchst interessiert an und kam zu dem Schluss, dass die Mitglieder der Jury die wichtigsten Anwesenden waren. Um seine Duftnote zu setzen, trat er äußerst würdevoll an ihren Tisch und pinkelte an ein Tischbein. Nachdem er somit seine Visitenkarte hinterlassen hatte, schritt er langsam die Reihe der eleganten Hunde und ihrer ebenso eleganten Herrchen ab. Die Rüden beachtete er überhaupt nicht, doch erkannte er viele Hündinnen aus der

Pilbara, mit denen er geflirtet hatte und die er besuchte, wann immer er eine Mitfahrgelegenheit in ihre Richtung hatte. Er begrüßte sie freudig mit Schnüffeln und Balgen, sehr zum Entsetzen der Besitzer, deren komische, panikartige Versuche, ihn zu verscheuchen, er nicht beachtete.

Indessen beobachteten die Juroren Red Dogs Einmischung teils besorgt, teils vergnügt. Einige hatten Red Dog selbst schon im Auto mitgenommen und wussten, dass er eine Lokalgröße war. Jahre später sollten sie sogar dafür stimmen, ein Bild seines Kopfes als offizielles Vereinssymbol einzuführen, doch in diesem Augenblick fragten sie sich, was zu tun sei. Red Dog ersparte ihnen jedoch weitere Unannehmlichkeiten, denn nachdem er in einer Richtung an der Reihe entlangmarschiert war, schritt er sie nun in der anderen Richtung ab, als wäre er selbst ein Juror und hätte eine schwierige Entscheidung zu treffen.

Schließlich trat er an den Tisch der Jury und pinkelte noch einmal daran, diesmal allerdings an ein anderes Bein. Dann beschloss er, nach Hause zu gehen. Er trottete zurück zur Straße und wartete auf ein vertrautes Auto. Diesmal war es Nancy Grey, die ihn wieder mit nach Dampier nahm. Sie vergewisserte sich zuvor, dass alle Fenster weit geöffnet waren.

Einer von Johns Freunden rief an jenem

Abend an und erzählte ihm, was sein Hund am Nachmittag angestellt hatte. John schaute auf Red Dog hinunter, der in der Ecke fest schlief, und lachte. Er sagte: »Mich wundert nur, dass er nicht mitten auf den Tisch gesprungen ist und sich selbst alle Auszeichnungen verliehen hat.«

RED DOG
UND DIE TEURE VERLETZUNG

Eines Morgens rief Nancy mit ängstlich zittern-
den Händen in der Transportabteilung von Hamersley Iron an. Die Männer hatten gerade Pause, sodass sie gleich jemanden erreichte. »Ist
John zu sprechen?«, fragte sie. »Es ist sehr wich-
tig.«

John kam ans Telefon, und während er Nancy
zuhörte, wurde er immer blasser. »Es ist wegen
Red«, sagte Nancy.

»Warum, was ist passiert? Was ist los?«

»John, tut mir Leid, wenn ich dir das sagen
muss, aber Red wurde angeschossen.«

»Angeschossen? Was soll das heißen?«

»Ich habe ihn gerade eben gefunden. Er

schleppte sich an der Straße entlang, am Seven Mile Creek. Jemand hat auf ihn geschossen.«

Was John dann über denjenigen äußerte, der auf seinen Hund geschossen hatte, wollen wir der Phantasie überlassen. Er schimpfte und fluchte, und als er merkte, dass Nancy noch am Telefon war, sagte er: »Tut mir Leid, Nance, aber ich konnte gerade nicht anders.«

»Schon gut, John«, sagte sie. »Mir ging es genauso. Wer auf Hunde schießt, muss nicht ganz richtig im Kopf sein.«

»Wo ist er?«, fragte John.

»Patsy war bei mir im Auto, und sie ist am Seven Mile Creek bei ihm geblieben, während ich eine Telefonzelle gesucht habe. Hör mal, ich habe fast keine Münzen mehr. Ich fahre dorthin zurück und warte auf dich, okay?«

John legte den Hörer auf und wandte sich mit bleichem Gesicht, besorgt und wütend, an seine Kumpel, die Zeugen seines Teils der Unterhaltung geworden waren und ihre Teetassen vor Staunen nicht an den Mund geführt hatten. »Wo ist der nächste Tierarzt?«, fragte er.

»In Port Hedland«, antwortete Jocko, der ursprünglich aus Schottland stammte, aber schon einige Jahre in Pilbara war.

»Verflixt, die Fahrt dauert ja Stunden«, rief John. »Er könnte verbluten, ehe wir dort eintreffen.«

»Ich komme mit, mein Junge«, sagte Jocko. »Ich leiste erste Hilfe.« Er arbeitete stundenweise als Sanitäter bei der St. John's Ambulanz, und im Blutstillen kannte er sich aus.

»Ich auch«, sagte Giovanni, den alle unter dem Namen »Vanno« kannten.

»Ich auch«, sagte Piotr, den sie »Peeto« nannten.

John ging zu ihrem Vorgesetzten und kam nach wenigen Minuten wieder zurück. »Die gute Nachricht ist, wir können gehen und er lässt Geld sammeln, damit wir den Tierarzt bezahlen können. Er ruft ein paar Kumpels an, sodass wir genug Fahrer auf den Bussen haben. Die schlechte Nachricht ist, dass wir den Tageslohn gekürzt kriegen.«

Die Männer machten zunächst ein langes Gesicht, doch keiner nahm davon Abstand mitzukommen. Red Dog war etwas Besonderes, und hier handelte es sich um einen echten Notfall. Er war mit ihnen allen im Bus gefahren, sie mochten ihn und waren stolz auf ihn, und für Red Dog lohnte es sich, auf einen Tageslohn zu verzichten.

Jocko »borgte« sich einen Erste-Hilfe-Kasten in der Werkstatt. Dann liefen sie hinaus und zwängten sich in Johns Holden. Auf ging's in hohem Tempo, wobei sie eine rostbraune Staubwolke hinter sich aufwarfen, bis sie auf eine feste Straße kamen.

Am Seven Mile Creek entdeckten sie Nancys Wagen. Daneben knieten Patsy und Nancy am Straßenrand und kümmerten sich um das traurige rote Fellbündel, das zwischen den Steinen lag. Sie drängten sich aus dem Wagen, und John bückte sich und strich Red Dog mit einer Hand über den Kopf. »Hallo, Kumpel«, sagte er. Red Dog wedelte schwach mit dem Schwanz, als er die Stimme seines Herrchens vernahm. »Was haben sie mit dir gemacht?«, fragte John. Red Dog legte den Kopf auf die Erde, als sei er zu erschöpft, um überhaupt noch an etwas zu denken. Er spürte einen furchtbaren, stechenden Schmerz im Bein, und seine Gedanken waren mittlerweile verschwommen und verworren. Es war, als befände er sich im Traum eines anderen, in einem Traum, dessen Verlauf man nicht versteht, weil man ihn nicht selbst träumt.

»Herrje, jetzt sieh dir das an«, sagte Peeto. Er deutete auf die Hüfte des Hundes. Das rostbraune Fell war vom Blut dunkelrot gefärbt, und unter dem Fell quoll frisches, hellrotes Blut hervor. John brachte kaum ein Wort heraus. Er dachte, Red Dog würde unweigerlich verbluten, und das machte ihn so traurig, dass er meinte, seine Kehle würde nie wieder weit. Er wollte vor seinen

Kumpels keine Tränen vergießen, und sie wussten, wie ihm zumute war, denn ihnen erging es
nicht anders. Dieser Hund war ein Lichtblick in
ihrem Leben, und sie spürten die Angst in der
Magengrube, die entsteht, wenn man weiß, dass
man jemanden verlieren soll, den man liebt.

»Was meinst du, Jocko?«, fragte John.

Jocko kniete sich in den Staub und öffnete den
Erste-Hilfe-Kasten. Er nahm eine Schere heraus
und begann, das Fell um die Wunden herum zu
kürzen. Vorsichtig entfernte er die Haare, und
schon bald hatte er zwei kleine, dunkle Löcher
freigelegt, aus denen mit jedem Herzschlag des
Hundes Blut strömte. Er reinigte die Wunden mit
einem Antiseptikum und schaute sie sich näher
an. »Wir müssen den Blutfluss stillen, damit es
gerinnen kann«, sagte er wie zu sich selbst. Dann
stellte er aus Baumwolle zwei kleine Pfropfen her,
tränkte sie in Wundbenzin und steckte sie behutsam in die Löcher. Red Dog zuckte unter dem
Schmerz, wehrte sich aber nicht. Jocko formte aus
Gaze zwei große Polster und klebte sie mit Pflas-
ter über den Wundbereich. Er stand auf und
schaute die anderen an. »Das dürfte reichen«,
sagte er.

Nancy sagte: »Ist es in Ordnung, wenn wir
euch Jungs jetzt allein lassen? Kommt ihr damit
klar?«

»Das geht schon«, sagte John. »Hört zu, ihr beiden ward wirklich spitze. Ich kann euch gar nicht genug danken, ehrlich.«

»Wir tun doch alles für den alten Teufel«, sagte Patsy und zauste Red Dog an den Ohren. »Du kommst schon wieder auf die Beine«, sagte sie.

Die beiden Frauen fuhren fort und winkten ihnen noch aus dem Fenster zu. John warf Peeto die Wagenschlüssel zu. »Du fährst. Ich setze mich nach hinten zu Red.« Er hob den Hund auf die Arme, und Jocko hielt ihm die Wagentür auf. Er hatte Schwierigkeiten beim Einsteigen. Jocko stieg auf der anderen Seite ein. Red Dog lag quer über ihnen, den Kopf in Johns Schoß gebettet. Daneben saß Jocko, um im Notfall bereit zu sein.

Peeto fuhr ein wenig schneller als erlaubt. Im Großen und Ganzen redeten sie wenig, nur hin und wieder äußerte einer von ihnen seine Wut

auf denjenigen, der auf Red Dog geschossen hatte.

»Ich würde ihn am liebsten in unsere Zerkleinerungsmaschine für Erz werfen«, sagte Vanno. »Ja, das würde ich glatt tun.«

»Ich würde ihn gern zu Mus fahren«, sagte Peeto. »Ich wäre gern am Zebrastreifen, wenn er über die Straße gehen will. Ich würde höflich und nett anhalten und dann Gas geben und ihn platt fahren.«

»Ich würde ihm gern mitten ins Gesicht schlagen«, sagte Jocko. »Nur einmal. Zur Befriedigung. Dann würde ich weggehen.«

John schaute nur auf Red Dog, der in seinen Armen schwer atmete, und er sagte: »Stirb nicht, Zottelhund, stirb nicht.« Er ließ das verwundete Bein nicht aus den Augen, als würde es dadurch besser.

Peeto holte alles aus dem Wagen heraus, und schon bald sausten sie über den North Coastal Highway. Sie durchquerten Roebourne, einst eine bedeutende Stadt, die inzwischen elend und vernachlässigt war, über ausgetrocknete Flussbetten und weiter Richtung Sherlock Homestead. Den Männern fiel auf, wie viele Kängurus und Wallabys von Autos angefahren worden waren und völlig entstellt tot am Straßenrand lagen.

»Dagegen sollte etwas unternommen werden«, sagte Vanno. »Ich habe auf den letzten fünf Kilometern allein zehn Stück gezählt.«

»Man sollte Zäune errichten«, sagte Peeto.

»Die springen doch über Zäune weg«, sagte Jocko. »Und die Farmer wollen doch sowieso, dass sie überfahren werden, wer soll sie also aufstellen?«

»Ich frage mich nur«, sagte Vanno, »wieso es überhaupt noch welche gibt, wenn so viele auf der Strecke bleiben.«

»Weil sie so zahlreich sind«, sagte Jocko. »Es gibt unzählige.«

»Jedenfalls sind sie so dumm«, sagte Vanno, »dass sie ein Auto mit Licht sehen und davor auf die Straße hüpfen, und bum, das war's. Ein Haufen Durcheinander und kein Känguru mehr. Wisst ihr was, einmal hab ich ein Wallaby am Straßenrand gesehen. Okay? Es war früh, sehr früh, und ich bin extra langsam gefahren und habe es über die Straße hoppeln lassen, und gerade als ich wieder aufs Gaspedal trat, hüpfte es zurück, direkt vor den Wagen, und ich konnte nichts mehr machen. Rein gar nichts. Was macht man mit so einer blöden Kreatur?«

Jocko streichelte Red Dog über den Rücken und sagte: »Du solltest auch lieber aufpassen, denn so wie du auf die Straße springst, wirst du eines Tages noch wie diese Kängurus enden.«

Die Sonne warf glühend heißes Licht auf das flache Grasland und ließ eigenartige Trugbilder von Inseln entstehen, die über dem Horizont im Wasser schwammen. Auch vor ihnen auf der Straße gab es Trugbilder, sodass Peeto manchmal nicht wusste, ob es sicher war, die Schlepper und schwer beladenen Lastwagen zu überholen. Die Fahrt schien endlos zu dauern, und John quälte die Frage, ob Red Dog es noch bis zum Tierarzt schaffen würde. Er war sehr ruhig und still, sein Atem ging nur noch flach und unregelmäßig. John war vor Angst noch immer speiübel, und er dachte daran, wie viel Spaß er mit dem Hund gehabt hatte und vielleicht nie wieder haben würde. Als sie schließlich nach beinahe fünf Stunden Fahrt durch die öde Landschaft in Port Hedland eintrafen, hatte er das Gefühl, als hätte er eine Fahrt zum Mond und wieder zurück unternommen.

Peeto steuerte den Wagen direkt in den alten Teil der Stadt am Ufer und hielt vor einem Zeitschriftenladen in der Wedge Street an. Vanno sprang hinaus und stürmte in den Laden. »Wo ist der Tierarzt?«, platzte es aus ihm heraus, und die Frau holte das Branchenverzeichnis unter dem Ladentisch hervor. Sie reichte es ihm. Peeto blätterte es eilig durch und merkte sich die Adresse, indem er sie ein paar Mal vor sich hin sagte. Dann lief er wieder zum Wagen hinaus. »Ach, Ihnen auch vielen Dank«, rief die Frau in ziemlich sarkastischem Ton hinter ihm her.

Sie hatten Glück, dass sie in Port Hedland zufällig während der Sprechstunden ankamen und dass der Tierarzt nicht allzu viel mit anderen Patienten zu tun hatte. Als John mit Red Dog auf dem Arm eintrat, war der Arzt gerade bei seinem letzten Patienten an diesem Tag angelangt, einer Katze, die zu einer Routineuntersuchung bei ihm war.

»Was haben wir denn da?«, fragte der Tierarzt und schaute die vier besorgten Männer in den Uniformen von Hamersley-Fahrern mit ihren zerknüllten Hüten auf dem Kopf an. »Bringt ihn her, Jungs.«

Der Arzt bat John, den Hund auf den Tisch zu legen, und er hob den Verband, der inzwischen mit Blut voll gesogen war. »Gute Arbeit«, sagte er. »Wer hat das für euch gemacht?«

»Ich«, meldete sich Jocko. »Hoffentlich hat's gereicht.«

»Hätte gar nicht besser sein können«, sagte der Arzt. »Sie haben den falschen Job.«

»Ich bin froh, dass ich es nicht vermurkst habe.« Jocko war stolz auf sich, und Vanno klopfte ihm anerkennend auf die Schulter. »Gut gemacht«, sagte er.

»Wird er wieder gesund?«, fragte John.

»Das kann ich noch nicht sagen«, antwortete der Arzt. »Zuerst muss ich die Kugeln entfernen.« Der Arzt schaute sich das Tier genauer an und rief dann: »Ist das nicht Red Dog?«

»O Gott«, sagte Peeto. »Woher wissen Sie das?«

»Dieser Hund«, antwortete der Arzt, »ist allen bekannt. Ich habe ihn in Pretty Pool zum ersten Mal gesehen, als wir auf ›die Treppe zum Mond‹ warteten. Wir hatten Zeug zum Grillen mitgebracht, und unser Red Dog hier hat meine Wurst gefressen und das Steak meines Nachbarn. Alle Welt kennt Red Dog.«

»Ist er oft bei Ihnen gewesen?«, fragte John erstaunt. Red Dog folgte ihm meistens auf dem Fuße, und er konnte sich kaum vorstellen, wann er Gelegenheit gehabt hatte, so weit zu fahren.

»Jedes Mal, wenn etwas los ist, kommt Red Dog in einem Lastzug«, sagte der Arzt lachend, »und wenn alles vorbei ist, geht er wieder. Ich glaube, er hat eine Reihe Freundinnen hier in der Gegend, denn kürzlich fiel mir auf, dass einige meiner jüngsten Patienten ihm ein wenig ähneln.«

»Guter Junge«, sagte Jocko und streichelte ihm die Schnauze.

Die Männer setzten sich ins Wartezimmer, während der Arzt und seine Sprechstundenhilfe die Kugeln herausholten. Die Freunde wussten nicht, was sie miteinander reden sollten, tauschten nur hin und wieder einen Blick und wischten sich mit dem Handrücken über die Stirn. Die Gewissheit, dass Red Dog nun um sein Leben rang und leicht den Kampf verlieren konnte, war für sie nur schwer zu ertragen.

Nach etwa einer halben Stunde kam der Arzt zu ihnen und sagte: »Ich glaube, er kommt wieder auf die Beine. Zum Glück haben die Kugeln den Knochen verfehlt. Er hat wahrscheinlich eine Menge Blut verloren, aber er ist ja kräftig und hartnäckig. Lassen Sie ihm eine Weile Zeit, um zu sich zu kommen, und dann sehen wir, wie es ihm geht.« Er streckte die Hand aus und ließ John die beiden entnommenen Kugeln in die Hand fallen.

John schaute sie an und schüttelte den Kopf. »Was ich nicht verstehe«, sagte er, »ist, warum jemand auf Hunde schießt.«

»Sie wären überrascht«, sagte der Arzt. »Das passiert andauernd, und ich hole mehr Kugeln raus, als ich je erwartet hätte. Es sind die Farmer und die Bahnleute. Sie schießen auf alles, was wie ein Fuchs, ein Dingo oder ein Hund aussieht, und sie behaupten, sie schützten das Vieh, aber wenn Sie mich fragen, so ist die Hälfte von ihnen einfach nur schießwütig und macht es aus lauter

Spaß an der Freude. Es sind die Leute, die immer noch ungesäuertes Brot essen und sich für Westernhelden halten. Ich habe gehört, dass Menschen mit Jagdflinten durch die Gegend fahren, mit denen sie aus dem offenen Wagenfenster heraus auf alles schießen, was sich bewegt. Es ist wirklich zum Verzweifeln. Schlimmer ist eigentlich nur, dass sie auch noch rumgehen und vergiftete Köder auslegen. Das regt mich richtig auf. Beim Anblick eines an Strychnin zugrunde gehenden Hundes wird einem schlecht. Wenn die sehen könnten, wie schrecklich es für einen Hund ist, an Gift zu sterben, glaube ich nicht, dass sie es noch über sich brächten, diese Köder auszulegen.«

Kurz darauf wurden die Männer ins Behandlungszimmer gerufen. Dort lag Red Dog mit dick verbundenen Wunden reglos, aber wach auf dem Tisch. »Ich bezweifle, dass er sich bewegen kann«, sagte der Arzt. »Aber er wird Sie bestimmt erkennen.«

Die vier Männer gerieten schier außer sich vor Freude, und Red Dog seufzte selig. »Ich muss ihn noch zwei Stunden hier behalten«, sagte der Arzt, »gehen Sie doch inzwischen einen Happen essen und kommen später wieder. Mir macht es nichts aus, hier zu bleiben. Ich muss im Büro noch Papierkram erledigen.«

John schaute auf seine Uhr und sagte: »Ja, ich glaube, es ist Essenszeit.«

Jocko verzog das Gesicht zu einer Grimasse. »Ich hab gerade gemerkt, dass ich meiner besseren Hälfte noch gar nicht gesagt habe, wohin ich gefahren bin.«

»Da sagst du was«, sagte Vanno. »Ich wette mit dir um einen Dollar, dass sie gerade was zusammenbraut.«

»Ich werde sie kurz anbimmeln«, sagte Jocko.

Die Männer wandten sich zum Gehen, und Red Dog, der annahm, man ließe ihn zurück, rappelte sich auf, kam auf die Füße und wollte vom Tisch springen. »He, du«, sagte der Arzt, »du gehst nirgendwohin.« Er bat John, den Hund festzuhalten, damit er ihm noch eine Dosis Beruhigungsmittel spritzen konnte. »Wenn ich ehrlich sein soll«, sagte der Arzt, »ich habe noch nie einen Hund gesehen, der derart krank war und in der Lage gewesen wäre aufzustehen.«

Sie machten sich auf den Weg zum Bungalow-Café und gaben eine große Bestellung auf. Sie aßen mit dem Heißhunger von Männern, die gerade begnadigt worden waren, und danach waren sie bester Laune. »Wie wär's denn jetzt mit einer Bar?«, fragte John. »Ich gebe einen aus. Das ist das Mindeste, was ich tun kann.«

Den Anfang machten sie mit zwei Bier für

jeden, und dann sagte Peeto, er habe einen Jieper auf Rum, »nur um dem Ganzen einen krönenden Abschluss zu geben«. Die anderen hielten das für eine prima Idee und nahmen jeder noch einen Rum. »Auf Red Dog«, sagte Vanno. »Prost.«

»Auf ein langes Leben und beste Gesundheit«, sagte Peeto.

»Auf viele Freundinnen und viele Welpen«, sagte Jocko.

»Auf euch, dass ihr mir geholfen habt«, sagte John.

Sie kippten ihren Rum hinunter und seufzten zufrieden. »Nur noch einen«, schlug Peeto vor.

»Lasst uns einen Scotch nehmen«, sagte Jocko, leckte sich die Lippen und hob die Augenbrauen. »Es ist doch immerhin ein besonderer Anlass, und dafür ist nichts besser als ein Scotch.«

Eine Stunde danach torkelten sie voll mit Bier und Rum glücklich und benommen aus dem Lokal und gingen wieder zum Arzt. Dort war Red Dog in beinahe ebenso guter Stimmung wie sie selbst, und ihr Zustand war so selig, dass sie die Summe unter der Arztrechnung mehrere Male lesen mussten, ehe ihnen klar wurde, wie hoch sie war. »Würde es Ihnen etwas ausmachen, wenn wir später bezahlen?«, fragte John. »Ein paar Kumpels haben gesammelt.«

»Wir haben nicht so viel«, sagte Peeto.

»Wenn wir das jetzt bezahlen, können wir an der Tanke nicht genug Benzin kaufen, um nach Hause zu fahren«, sagte Vanno. »Wir müssten den Wagen ab Whim Creek schieben.«

Der Arzt betrachtete ihre ängstlichen, vom Trinken erhitzten Mienen und entschied, dass er das Risiko eingehen und ihnen die Zahlung stunden konnte, doch er warnte sie: »Ich glaube, dass keiner von euch fahren sollte. Ihr habt ein wenig zu viel intus.«

Ihre Zuversicht, angefeuert durch Alkohol und Erleichterung, war so groß, dass die vier Männer beschlossen, trotzdem nach Hause zu fahren. Irgendwo in der Nähe der Brücke über den Sherlock River merkten sie jedoch, dass sich von hinten rasch ein Wagen mit blinkendem Blaulicht näherte.

»O Gott«, sagte Peeto, »die Bullen.«

»Wir helfen dir, wenn du Strafe zahlen musst«, scherzte Vanno, was er später bereute.

Peeto fuhr an den Straßenrand und stieg aus, während der Polizist mit gezücktem Notizblock auf ihn zutrat. »Hallo, Bill«, sagte Peeto.

»Ich bin nicht Bill, wenn ich im Dienst bin, Kumpel«, sagte der Polizist, der tatsächlich ein Nachbar von Peeto war.

Peeto konnte sich nicht verkneifen zu entgegnen: »Und wenn du im Dienst bist, bin ich kein ›Kumpel‹, sondern ›Sir‹.«

Das war Peetos großer Fehler. Niemand, der seine fünf Sinne beisammen hat, sollte dreist und geistreich gegenüber einem Verkehrspolizisten auftreten, der seit sechs Stunden im Dienst ist, der sich in seinem Wagen am Straßenrand zu Tode gelangweilt hat und gerade in der rechten Verfassung ist auszuteilen.

Peeto fiel durch den Alkoholtest, und der Polizist wollte ihn nicht gehen lassen, obwohl er einer der Retter des berühmten Red Dog war.

Tags darauf rechneten sie in der Pause aus, wie teuer alles zusammen war. Da war einmal der Verlust des Tageslohns, die Ausgaben für Benzin, Essen und Alkohol, die Arztrechnung und die Strafe für Fahren unter Alkoholeinfluss.

»He«, sagte Vanno niedergeschlagen, »wie wär's, wenn wir das nächste Mal einen Chirurgen einfliegen lassen? Das wird bestimmt billiger.«

RED DOG
UND DIE FRAU AUS PERTH

Eines Abends saß John beim Tee in seiner Hütte,
als es an der Tür kratzte. Das machte Red Dog
immer, deshalb stand er auf, um ihn hereinzulas-
sen. Gerade als er die Hand am Türgriff hatte,
klopfte es auch. »Mann«, dachte John, »Red Dog
hat was Neues gelernt.«

Er machte die Tür auf, und da stand Red Dog
mit einer Person, die John noch nie gesehen hatte.
Es war eine Frau Anfang, Mitte vierzig mit fester
Dauerwelle und einem besorgten, aber entschie-
denen Gesichtsausdruck.

»Tut mir Leid, wenn ich störe«, sagte sie, »aber
ich komme wegen des Hundes.«

»Ich will ihn nicht verkaufen«, sagte John.

»Eher würde ich meine Mutter verkaufen. Das heißt, wenn sie noch am Leben wäre.«

»Oh, ich will ihn nicht kaufen«, sagte die Frau. »Ich komme nur, weil ich mir Sorgen um ihn mache, und ich weiß, dass er Ihnen gehört.«

»Er gehört eigentlich allen«, sagte John, »aber ich bin sein bester Freund. Worum geht's denn?«

»Um Zecken«, sagte die Frau.

»Zecken?«

»Ja. Wissen Sie, ich bin Ellen Richards, und ich bin gerade von Perth hierher gezogen. Ich habe bei Hamersley in der Verwaltung angefangen und gehört, dass es hier in der Gegend Probleme mit Zecken gibt.«

»Ja«, sagte John, »man verbrennt sie auf dem Rücken mit einer heißen Nadel, dann fallen sie ab, und man tötet sie in Methylalkohol.«

»Ja«, sagte Ellen. »Nur hat Red Dog mich heute Abend besucht, und mir fiel auf, dass er Zecken hat.«

»Er hat manchmal welche«, sagte John. »Ich sehe alle paar Tage nach.«

»Ja, ich habe ihn auch untersucht«, sagte die Frau, »und ich habe an seinen Ohren welche gefunden und auf seinem Rücken. Die habe ich verbrannt, aber am Bauch hat er so ein paar komische rötlich-braune, die ich nicht entfernen kann; und als ich versucht habe, sie abzubrennen, jaulte er nur. Das macht mir Sorgen, und da er Ihr Hund ist, dachte ich, Sie sollten es wissen.«

Jetzt war John besorgt. »Zecken am Bauch?«

»Ja, auf beiden Seiten.«

John rief Red Dog zu sich und rollte ihn auf den Rücken. Dort lag er, streckte die Pfoten in die Höhe und fragte sich, ob sein Herrchen mit ihm balgen und ihn kitzeln wollte, was er sehr begrüßen würde, oder ob die Frau ihn wieder mit heißen Nadeln traktieren würde, was er entschieden ablehnte. »Wo sind denn die Zecken?«, fragte John.

Die Frau kniete nieder und deutete darauf. »Sehen Sie«, sagte sie, »da sind ungefähr vier oder fünf auf jeder Seite.«

John war entsetzt. »Sie sind doch wohl nicht mit heißen Nadeln da dran gewesen?«

»Doch«, erwiderte sie, »aber sie sind nicht abgefallen.«

John kratzte sich ungläubig am Kopf. »Und er hat gejault, sagen Sie?«

»O ja. Es war furchtbar. Ich glaube, als ich sie verbrennen wollte, haben sie ihn nur noch fester gebissen. Vielleicht sollten Sie mit ihm zum Tierarzt gehen.«

»Hören Sie zu«, sagte John. »Ich weiß nicht, wie ich es sagen soll, aber das sind keine Zecken.« Er hielt inne und überlegte, wie er es ausdrücken sollte. »Haben Sie nie einen Hund gehabt?«

»O ja, ich hatte mehrere.«

»Waren es Rüden oder Weibchen?«

»Beides, ich hatte beides.«

»Und es ist Ihnen nie aufgefallen?«

»Was?«

»Sie haben alle … na ja … sie haben alle Zitzen. Auch die Rüden. Sie gebrauchen sie nicht, aber sie haben welche.«

Ellen legte sich eine Hand auf den Mund. »Soll das heißen …?«

John nickte. »Das sind keine Zecken, sondern Zitzen.«

Sie wurde bleich und setzte sich auf Johns Stuhl. »O Gott«, sagte sie, »und ich bin mit heißen Nadeln drangegangen.« Sie vergaß John und kniete nieder. Sie legte die Arme um Red Dog und begann zu weinen. »O Red, entschuldige, dass ich dir wehgetan habe. Es tut mir ja so Leid …«

Red Dog schaute zu John auf, ebenso verlegen wie er. Wie jedem Hund gefiel es Red, wenn er umarmt wurde, aber nicht unbedingt von jemandem, der in sein linkes Ohr wimmerte und jaulte und den er gar nicht gut kannte.

Tags darauf stellte Ellen sehr zu ihrer Schmach und sehr zur Belustigung der Arbeiter bei Hamersley fest, dass die Nachricht über ihren Irrtum noch vor ihr an der Arbeitsstelle eingetroffen war. »Passt auf eure Brustwarzen auf, Kumpels«, riefen die Männer, legten sich die Hände auf die Brust und taten so, als wollten sie davonlaufen.

Es dauerte Jahre, bis Ellen die Schmach überstanden hatte, doch Red Dog besuchte sie trotzdem, denn er konnte allen verzeihen, die ihm großzügig Futter vorsetzten, und sie hatte das schmerzhafte Geschäft mit heißen Nadeln und Methylalkohol rasch aufgegeben.

WER HAT JOHN GESEHEN?

John kaufte sich ein schönes Motorrad, denn obwohl er bereits einen Wagen besaß, gefiel ihm die
Vorstellung, an heißen Tagen auf dem Motorrad zu
fahren, wenn ihm der Wind ins Gesicht wehte. Für
kurze Fahrten war es herrlich, solange man nicht
viel mitnahm, und im Übrigen mochten Mädchen
einen Mann mit Motorrad, solange er nicht leicht-
sinnig fuhr. Ein- oder zweimal setzte John Red
Dog vor sich auf den Sitz, sodass dessen Pfoten auf
dem Tank standen, doch es gefiel ihm offenbar
nicht so gut. Red Dog bevorzugte die bequemen
Sitze in Lastwagen, Bussen und Personenwagen.
Wenn John sein Motorrad anließ, machte Red keine Anstalten aufzuspringen, wie sonst immer, sobald sein Herrchen den Wagen anließ. Stattdessen

lag er vor der Tür und wartete auf Johns Rückkehr, oder er zog sein enzyklopädisches Gedächtnis zu Rate und unternahm einen Spaziergang zu einem der Häuser, in denen er Jahre zuvor etwas zu fressen bekommen hatte. Manchmal ging er an heißen Sommertagen zum Einkaufszentrum, aus dem Patsy ihn einmal hatte hinauswerfen wollen, und legte sich in die klimatisierte Kühle eines Ladens. Anscheinend wusste er instinktiv, wann John zurückkehren musste.

Eines Abends im Juli ging John zum Essen zu Freunden, und er fuhr mit dem Motorrad, obwohl die Nächte empfindlich kalt waren. Red Dog streifte auf der Suche nach anderen Hunden umher, mit denen er kämpfen, und nach Katzen, die er jagen konnte, und als er zurückkam, war John bereits zum Abendessen gegangen.

Was nach diesem Essen geschah, wird immer ein Rätsel bleiben.

John hatte ein paar Bier getrunken, aber er war nicht zu betrunken, um zu fahren. Er war glücklich über die Gesellschaft seiner Freunde und über das gute Essen, das sie ihm vorgesetzt hatten, und mit dem Motorrad schien alles in Ordnung, als er es anließ und davonfuhr. Seine Freunde winkten ihm zum Abschied nach und gingen wieder ins Haus, räumten auf und legten sich ins Bett.

Die Straße nach Dampier macht eine scharfe

Kurve, und der Abzweig, an dem John abbiegen musste, ist ziemlich abrupt. Im Gestrüpp am Straßenrand liegen Haufen großer roter Felsen, die für die Landschaft der Pilbara so typisch sind.

John hat die Straßenkurve nicht geschafft. Vielleicht hat er seine Geschwindigkeit falsch eingeschätzt, vielleicht lag ein Stein auf der Straße, der ihn ins Schleudern brachte, oder das Bier hatte sein Urteilsvermögen stärker eingeschränkt, als ihm bewusst war. Mag sein, dass der Gaszug geklemmt hat. Ebenso wahrscheinlich ist, dass plötzlich ein Wallaby vor das Motorrad sprang und John versucht hat auszuweichen.

Was immer es war, John verlor die Kontrolle über sein Motorrad, traf auf dem Bordstein auf und flog in hohem Bogen durch die Luft. Pech und Schicksal wollten es, dass er auf einem Felsen landete, der sich in seine Brust bohrte.

Niemand weiß, wie lange John in dieser kalten Nacht im Sterben lag, und niemandem außer Red Dog fiel auf, dass er ausblieb. John hat wohl versucht, an den Straßenrand zu kriechen, und vielleicht hätte man ihn noch rechtzeitig gefunden, wenn er es geschafft hätte. Er war jedoch zu schwach und zu schwer verletzt. Nach kurzer Zeit starb dieser freundliche, tierliebe Mann, der allen ein guter Freund war, ganz allein zwischen Felsen und Stachelkopfgras. Vielleicht träumte er von Red Dog, während er allmählich dahindämmerte und in einer kalten, sternenklaren Nacht in jenen langen, letzten Schlaf sank.

Am nächsten Morgen erschien John nicht bei der Arbeit, und Peeto, Jocko und Vanno fragten sich, was mit ihm los sei.

»Ich hab ein ungutes Gefühl«, sagte Vanno kopfschüttelnd.

»Das sieht John nicht ähnlich«, sagte Peeto. »Er ruft an, wenn er nicht kommt.«

»Wir wollen ihm noch bis zur Pause Zeit geben, und wenn er dann noch nicht hier ist, schaue ich nach ihm«, sagte Jocko.

John war zur Frühstückspause nicht da, also ging Jocko zu Johns Hütte. Er traf Red Dog vor der Tür wartend an. Der Hund stand auf und begrüßte Jocko ziemlich erleichtert. »Wo ist denn dein Kumpel?«, fragte Jocko. Red Dog legte die Ohren an und wedelte mit dem Schwanz. Er freute sich immer, wenn jemand sein Herrchen erwähnte.

Jocko klopfte noch einmal an und wartete. Wenn John zu Hause gewesen wäre, hätte er seinen Hund nicht ausgesperrt. Johns Wagen parkte draußen, doch an der Wand hinter der Hütte lehnte kein Motorrad. Mit einem mulmigen Gefühl fiel Jocko ein, dass John am Abend zuvor gesagt hatte, er wolle zum Essen zu Freunden gehen. Jocko kehrte wieder ins Depot zurück und rief bei Johns Freunden an. »John ist so gegen elf gegangen«, erfuhr er. »Wieso? Was ist los?«

»War er mit dem Motorrad da?«

»Ja.«

»Er ist nicht nach Hause gekommen«, sagte Jocko.

Jocko lieh sich einen Firmenlaster und fuhr zu den Freunden. Er sprach kurz mit ihnen und fuhr dann in Richtung auf Johns Unterkunft zurück. Er dachte an die Zeit, als er selbst ein Motorrad hatte, und betrachtete die Straße mit erfahrenem Auge. Es gab immer Stellen, die vor allem für Motorradfahrer gefährlich waren, wie zum Beispiel Schlaglöcher oder Kieselsteine oder Stellen, an denen Kängurus oder Wallabys nachts die Straße überquerten. Als er an die scharfe Kurve kam, hielt er an und stieg aus. Er ging auf die andere Seite und schaute in die Senke hinab.

Die Gemeinde war damals sehr klein, jeder kannte jeden. John war sehr beliebt gewesen, und ein paar Tage lang waren alle vor Schreck und Trauer über den Verlust wie gelähmt. Man wollte nicht miteinander reden. Alltägliches schien zu banal, und wenn jemand einen Witz erzählen wollte, gebot ihm ein anderer zu schweigen. John war noch so jung gewesen, viel zu jung, um so plötzlich und sinnlos zu sterben.

Jetzt würde niemand erfahren, was John in seinem Leben noch erreicht hätte, ob er sich selbständig gemacht hätte, ob er geheiratet und Kinder gezeugt hätte oder ob er wieder nach Neuseeland gegangen wäre und mit den Taschen voller Geld von Hamersley ein neues Leben begonnen hätte. Er war gestorben, als er den größten Teil seines Lebens noch vor sich hatte, und hinterließ nur seine trauernden Freunde, die ihn für immer in liebevoller Erinnerung behalten würden, und einen treu ergebenen Hund, der keine Ahnung hatte, was passiert war, und es nie erfahren würde.

Vor lauter Trauer und inmitten aller Vorbereitungen für die Beisetzung vergaß man Red Dog, und erst nachdem drei Tage vergangen waren, fiel jemandem auf, dass er noch immer vor Johns Tür wartete. Johns Freunde brachten ihm Futter vorbei, das Red Dog fraß, ehe er sich mit schwerem Seufzer in den Staub legte, um weiter zu warten. Er schlief dort sogar in den frostigen Nächten, wachte in der Morgendämmerung auf, und auf seinem rostbraunen Fell glitzerten Tautropfen.

Nach drei Wochen kam Red Dog ins Depot, um nachzusehen, ob John da war. Die Fahrer behandelten ihn wie einen alten Freund, und zu Anfang verbrachte er die halbe Zeit im Depot, die andere Hälfte wartete er vor der leeren Hütte auf John.

Als John nicht auftauchte, konnte Red Dog nur an eins denken. Niemand weiß, über wie viel Sprache ein Hund verfügt oder was er eigentlich denkt, doch in Red Dogs Verstand kreiste nur eine einzige große Frage: »Wo ist John?«

Schlimmer, als das Liebste auf Erden zu verlieren, ist nur noch, wenn man es verliert, ohne zu wissen, warum. Für einen Hund ist sein Herrchen wie ein Gott, und der Schmerz, ihn zu verlieren, ist umso größer. Red Dog war krank vor Sehnsucht, er hatte nur einen Wunsch, und er hatte nur einen Plan. Er ging an jeden Ort, an dem er je mit John zusammen gewesen war, und schnüffelte in jeder Ecke, um eine Spur seines Herrchens zu finden. Als die Gerüche verflogen, schaute er zu jedem auf, dem er begegnete, in der Hoffnung, er würde seinen Kummer irgendwie erraten und ihn davon erlösen. Hätte er sprechen können, dann hätte er immer wieder gefragt: »Wer hat John gesehen?«

Von da an wurde Red Dog der Wanderer der Pilbara, der rote Hund des Nordwestens, der allen gehörte, weil er denjenigen, den er am meisten liebte, nicht fand und mit weniger nicht zufrieden war.

ZWEITER TEIL

Der Hund des Nordwestens

AUF DER SUCHE NACH JOHN

Seine größten Abenteuer erlebte Red Dog nach Johns Tod. Er hatte stets seine Freiheit genossen, doch er war immer zu John zurückgekehrt. Jetzt nahm er sich die absolute Freiheit und weigerte sich, sie aufzugeben. Er hätte ohne Zweifel darauf verzichtet, wenn er nur sein Herrchen gefunden hätte. Da er in der Gegend viel geliebt und wohl bekannt war, wollten ihn jede Woche andere adoptieren, wollten es ihm behaglich machen und ihn füttern, damit er sich niederließ und bei ihnen blieb. Red Dog mochte diese Menschen, und wenn ihre Kinder krank waren, wartete er sogar geduldig neben dem Bett, bis es ihnen besser ging. Dann traten sie eines Tages aus dem Haus und stellten fest, dass Red Dog neben dem Wagen darauf wartete, zu seinem nächsten Abenteuer gefahren zu werden. Schweren Herzens ließen ihn die Menschen, die gehofft hatten, dass er ihnen gehören würde, aussteigen, wo immer er wollte, und es konnten Monate vergehen, bis eines Abends das gebieterische Kratzen an der Tür erklang, mit dem er seine vorübergehende Rückkehr ankündigte. Red Dog behandelte die Menschen so, wie sie selbst mit ihren Freunden umgingen; er schaute kurz vorbei und zog weiter.

Red Dog fuhr wie üblich in den Bussen von Hamersley Iron, in den Lastwagen und im Zug zum Mount Tom Price. Neugierig schaute er jeden an, an dem sie vorüberkamen. Anscheinend war er noch immer auf der Suche.

Red Dog fuhr 900 Kilometer nach Broome, einer zauberhaften tropischen Stadt, in der es so genannte Tata-Eidechsen gibt, die einem alle paar Sekunden zuwinken. Dort ist Cable Beach, wo das Wasser im Sommer so warm wie in der Badewanne ist. Die Regentropfen sind so groß wie Pflaumen; Taucher holen Perlen vom Meeresgrund herauf, und in den Mangrovensümpfen leben Salzwasserkrokodile, die nichts lieber schlucken als einen hübschen, pummeligen Hund.

Red Dog fuhr mit einem Lastzug dorthin und blieb zwei Wochen. Jeden Abend aß er im Hotel am Ort. Er schaute sich überall um, konnte John aber nicht finden. Deshalb kehrte er sehr langsam in einem uralten Wagen zurück, der mit einer großen Aborigine-Familie voll gestopft war.

Eines Tages saß er zufällig vor Patsys Wohnwagen, als sie ihren Wagen für den Urlaub belud. Es war Hochsommer, und die tropische Hitze im Dampier-Archipel war für viele unerträglich. Die Haarmücken stachen jeden, der nach draußen ging, und es wurde öffentlich davor gewarnt, die Sonne direkt auf Benzintanks scheinen zu lassen. Sie explodierten bekanntlich mit fatalen Folgen. Patsy hatte sich mit Ellen angefreundet, der Unglücklichen, die Red Dogs Zitzen mit Zecken verwechselt hatte. Diese beiden Frauen wollten mit Nancy Grey nach Perth fahren, denn Perth liegt 1400 Kilometer weiter südlich und ist kühler und windiger. Da Ellen ursprünglich aus Perth stammte, wollten sie bei deren Verwandten wohnen. Im Übrigen gehen Frauen zuweilen gern fort, um sich zu amüsieren, ohne von Männern behelligt zu werden.

»Hallo, Red«, sagte Patsy, und er schenkte ihr sein Lächeln à la Hund. »Hast du nichts zu tun?«

»Sollen wir ihn nicht mitnehmen?«, schlug Ellen vor. »Vielleicht gefällt es ihm.«

»Willst du mitkommen nach Perth?«, fragte Nancy. »Wenn du Glück hast, kannst du sogar mit nach Fremantle kommen.« Sie klopfte auf den Sitz neben sich, und der Hund sprang auf die Rückbank. Frauen rochen gut und schenkten einem oft etwas Gutes zu fressen. Deshalb schien es ihm eine gute Idee, sich von ihnen mitnehmen zu lassen. Frauen waren der Grund, weshalb er einen Sinn für Schokolade entwickelt hatte.

Die drei hatten glatt vergessen, dass Red Dog in einem geschlossenen Raum nicht unbedingt ein guter Begleiter war, und während der zweitägigen Fahrt rümpften sie ständig die Nase und riefen immer wieder: »Puh! Igitt! O Gott, ich glaub's nicht! Nicht schon wieder!« Der Hund steckte den Kopf aus dem Fenster, um den Fahrtwind auf dem Gesicht zu genießen und leichter nach John Ausschau halten zu können. Daher hatte er keine Ahnung von den Qualen, denen die drei Frauen ausgesetzt waren. Sie würden sich an diese Fahrt ihr Leben lang erinnern – und nicht nur wegen des Gestanks.

Und so kam es, dass sie nach Cottesloe Beach kamen, einem lang gestreckten, wunderschönen Sandstrand gegenüber von Rottnest Island, wo die Leute gern spazieren gingen, Sport trieben oder nach der Arbeit schwimmen gingen. Manche standen früh auf und frühstückten in einem der Cafés mit Blick über das Meer. Freundschaften entstehen manchmal aus dem Nichts, weil man dieselben Menschen immer wieder trifft, und Hundebesitzer lernen zuerst die Tiere der anderen kennen und dann erst einander.

Patsy, Ellen und Nancy sonnten sich am Strand nach einem Bad in der Brandung. Red Dog liebte die Brandung und wandte viel Zeit und Energie bei dem Versuch auf, das Wasser zusammenzutreiben, als wäre er ein Schäferhund und die Wellen eine sehr eigenartige und schwierige Sorte Schafe. Er stürzte sich auch auf die Schatten vieler Seemöwen und hatte einen kleinen Jungen in helle Aufregung versetzt, als er dessen Modellflugzeug für einen Vogel hielt. Nachdem er darauf gesprungen war und ordentlich zugebissen hatte, war es für die Reparatur des Schadens zu spät. Er hatte sich einem Frisbeespiel angeschlossen, dann an einem Volleyballspiel teilgenommen, schließlich an einem Kricketspiel, bei dem er den Ball kurz in Beschlag genommen hatte, sodass die Spieler ihn quer über den Strand jagen mussten.

Die drei Frauen trockneten sich nach dem Bad ab und legten sich in die Sonne. Damals kümmerte sich niemand darum, ob die Sonne schlecht für die Haut war oder nicht, also wollten sie so braun wie möglich werden, ehe sie wieder heimfuhren, wo es um diese Zeit zu heiß wäre, um überhaupt in der Sonne zu liegen. Hin und wieder verglichen sie ihre Unterarme, um zu sehen, wer am meisten Farbe bekam.

»Lasst uns morgen nach Rottnest Island fahren«, schlug Nancy vor.

»O ja«, rief Patsy begeistert. »Ich möchte unbedingt die Quokkas sehen. Die sollen echt süß sein.«

»Das sind sie auch«, sagte Ellen, die sie schon oft gesehen hatte. »Aber sie sind nicht gerade sehr helle. Süß und dumm sind sie.«

»Hunde sind dort nicht erlaubt, oder?«, fragte Nancy. »Was sollen wir mit Red machen?«

Ellen richtete sich mit einem Ruck auf. »Wo ist er eigentlich?«

Sie suchten den ganzen Strand ab, und sie fragten jeden, vor allem Hundebesitzer. Niemand hatte Red Dog gesehen. Sie pfiffen und riefen, dann fragten sie in den Cafés und Hotels nach für den Fall, dass er sich gerade mit den Küchenchefs anfreundete. Sie gingen nach Fremantle und durchsuchten den Mosman-Park.

»Wisst ihr, was wir getan haben?«, fragte Patsy. »Wir haben achtlos den berühmtesten Hund in Westaustralien verloren.«

»In ganz Australien wahrscheinlich«, verbesserte Ellen.

»Wenn wir nach Hause kommen, bringen die uns um«, stöhnte Nancy. »Was sollen wir nur tun?«

»Stellt euch nur Jocko und Peeto und Vanno vor«, sagte Ellen mit weit aufgerissenen Augen, »und die anderen Fahrer, die drehen durch.«

Der Urlaub war dahin. Sie sahen sich die Quokkas an, aber das reichte nicht, sie aufzuheitern. Sie besuchten die besten Fischrestaurants am Wasser, stellten jedoch fest, dass sie nichts essen konnten. Sie gingen Andenken kaufen, fanden aber nichts, das ihnen wirklich gefiel.

Sie brachen den Urlaub ab und fuhren nach Hause. Sie brauchten wieder zwei Tage, wechselten sich beim Fahren ab und redeten kaum ein Wort. Sie dachten an Red Dog, wie er den Kopf aus dem Fenster hielt, und an den entsetzlichen Gestank, den er verbreitete, und sie waren kreuzunglücklich.

Als sie schließlich spätabends zu Hause eintrafen, wartete Red Dog vor Patsys Wohnwagen auf sie. Er hatte sich von einem Lastwagenfahrer mitnehmen lassen, der ihn kannte. Perth mit seinen Lampenputzer- und Pfefferminzbäumen, mit dem hübschen gelben Bitterkraut, den militärisch wirkenden Norfolk-Island-Kiefern und den funkelnden modernen Gebäuden hatte ihm nicht so gut gefallen. Er bevorzugte das härtere Leben im Norden mit seinem kargen Buschwerk, seinen Brahminenweihen, den silbernen Eukalyptusbäumen am Fluss, den Wallabys, dem rubinroten

Gänsefußgewächs und den dunkelroten Steinen. Im Übrigen war er bereits mit John in Perth gewesen, am selben Strand, doch diesmal hatte er keine Spur von ihm gefunden.

Die drei Frauen waren erleichtert wie kaum jemals zuvor, wuselten um ihn herum und gaben ihm zu fressen. Danach schimpften sie mit ihm, weil er ihnen den Urlaub verdorben und ihnen so viel Schuldgefühle und Sorgen bereitet hatte. Nancy wies darauf hin, dass sie noch ein paar Urlaubstage übrig hatten, und schlug vor: »Machen wir doch das Beste draus und fahren nach Exmouth!«

»Ja, warum nicht?«, stimmten die beiden anderen zu. Sie schauten zu Red Dog hinüber, und Ellen fragte: »Sollen wir Red mitnehmen?«

»Auf keinen Fall«, sagte Nancy.

»Nie im Leben«, bestätigte Patsy.

Am Morgen zwängten sie sich wieder in den Wagen und fuhren leichten Herzens noch einmal über den North West Coastal Highway nach Süden.

Red Dog schaute bei dem neuen Tierarzt in Roebourne vorbei, dann ging er nach Point Samson und Cossack. Er besuchte Jocko, Peeto und Vanno bei Hamersley Iron, und anschließend blieb er eine Nacht im Wanderhotel in Karratha, dessen Koch einer seiner Versorger war. Schließlich überraschte und erstaunte er die drei Frauen, als er drei Tage später in Exmouth aufkreuzte. Sie entdeckten ihn, als er an dem Café vorbeiging, in dem sie gerade einen Milchshake tranken. Er schien sich zu freuen, sie zu treffen, doch am nächsten Morgen hatte er bereits eine Mitfahrgelegenheit nach Onslow wahrgenommen.

RED DOG UND DER ROTE KATER

Red Dog schaute ziemlich häufig in dem Wohnwagenpark vorbei, in dem Nancy, Patsy und Ellen
wohnten, während die neuen Häuser gebaut wurden. Es war recht angenehm dort; Blumenkübel
säumten die Wege, und die Wäsche der Menschen
flatterte an den Leinen.

Das Einzige, was nicht stimmte, war das Gebot HUNDE VERBOTEN, und ein Hausmeister, der Hunde nicht nur nicht mochte, sondern
diese Regel mit allem Nachdruck durchsetzte. Er
hieß Mr. Cribbage, und sobald er Red Dog sah,
versuchte er ihn zu verscheuchen. Später sollte
Red Dog Mr. Cribbage noch erheblichen Ärger
bereiten, doch gleich zu Beginn verursachte er
auch dem roten Kater einigen Ärger.

Der rote Kater war mit der Regel HUNDE VERBOTEN höchst einverstanden. Er verabscheute Hunde in der Tat so sehr, dass er wahrscheinlich alle Hunde hätte umbringen lassen, wenn er Diktator von Australien gewesen wäre. Es gab kein Gesetz, das Katzen aus dem Wohnwagenpark ausschloss, und deshalb gefiel es dem roten Kater dort so gut. Er war der Boss aller Katzen in Dampier.

Der Kater war rötlich gelb, groß, muskulös und niederträchtig. Er hatte grüne Augen und schäbige Ohren. Auf der Nase hatte er eine schräge Narbe, auf der Brust ein weißes Lätzchen, und sein Schwanz war hell und dunkel gestreift. Er hatte riesengroße Pfoten, und wenn er sie ausstreckte, schossen die Krallen wie Krummschwerter aus ihren Scheiden. Wenn er auf dem Schoß saß und schnurrte, vibrierte man innerlich mit. Ließ man spielerisch einen Faden vor ihm baumeln, vergewisserte man sich, dass die Finger nicht in seiner Reichweite waren. Fing er eine Ratte, hörte man die Knochen knacken, wenn der rote Kater sie zermalmte. Wenn er nachts heulte und schrie, um die Aufmerksamkeit der Katzen, den Müttern seiner Kätzchen, auf sich zu ziehen, hörte es sich an, als würde ein Kleinkind zu Tode gequält. Sein Abendessen konnte er ebenso schnell verschlingen wie Red Dog, wenn er wollte. Der rote Kater hatte noch nie einen Kampf verloren.

Wenn er einen Hund sah, bestand seine Taktik darin, ihm auf den Rücken zu springen, ihm die Krallen in den Rücken zu bohren und ihn durch den Wohnwagenpark zu reiten, bis er zu müde und verängstigt war, um noch weiter zu rennen. Dann sprang der rote Kater ab und wischte ihm eins über die Nase, was vier parallel verlaufende Kratzer hinterließ, aus denen Blut quoll. Wenn der Hund dann aufgab, sich auf den Rücken rollte und alle viere von sich streckte, stolzierte der rote Kater stolz von dannen, und seine Schwanzspitze wedelte selbstzufrieden hin und her. Meistens kam der Hund nicht wieder, um eine solche Behandlung noch einmal zu riskieren.

Red Dog mochte jagende Katzen, und seine Schnauze hatte zahlreiche Kratzwunden davon-

getragen. Er war schlauer als viele andere Hunde, doch wie die meisten hatte er nie richtig gelernt, dass ein Hund gegen eine Katze keine Chance hat, weil die Katze sich am Ende umdreht und zuschlägt. Red Dog war Optimist und glaubte fest daran, er müsse schon allein deshalb gewinnen, weil die Katze zunächst fortläuft. Ihm jedenfalls machte die Jagd so viel Spaß, dass es sich lohnte, auch einmal einen Kratzer davonzutragen.

Als Red Dog den Wohnwagenpark zum ersten Mal erforschte, ging er hinter Nancys Stellplatz herum und stand auf einmal Auge in Auge dem roten Kater gegenüber. Voller Begeisterung machte Red Dog einen Satz nach vorn, um die Jagd zu beginnen.

Er blieb jedoch sofort stehen, weil der rote Kater sich nicht umdrehte und davonlief. Er saß seelenruhig da, öffnete das Maul und zischte. Red

Dog war von der rosa Zunge und den beiden Reihen glitzernder weißer Zähne beeindruckt.

Er machte einen zweiten Satz, doch der rote Kater lief noch immer nicht davon. Diesmal legte er die Ohren an und zischte wieder, noch lauter. Red Dog kamen allmählich Zweifel, doch er musste einfach zu einem erneuten Versuch ansetzen. Der rote Kater erhob sich, machte einen Buckel, legte die Ohren an und zischte erheblich lauter. Red Dog setzte sich auf die Hinterbacken, denn dieser ungewöhnlich heroische Kater verwirrte ihn. Doch ein innerer Drang zwang ihn, es noch einmal zu versuchen. Der rote Kater plusterte den Schwanz auf, stellte die Rückenhaare auf, legte die Ohren an, zischte und schlug so schnell zu, dass Red Dog erst dann zu Bewusstsein kam, was geschehen war, als seine Nase zu stechen begann und Blut zu Boden tropfte.

Ebenso wenig wie der rote Kater sich von Red Dog ins Bockshorn jagen ließ, wollte Red Dog sich vor dem roten Kater fürchten. Er bleckte die Zähne und knurrte. Der rote Kater entblößte die Zähne und zischte. Red Dog bellte wütend. Der rote Kater spuckte.

Der rote Kater versuchte, Red Dog auf den Rücken zu springen, um ihn mit tief eingegrabenen Krallen herumjagen zu können, doch Red Dog wich gerade noch rechtzeitig aus. Schnauze an Schnauze, knurrend und zischend, wollte keines der beiden Tiere dem anderen weichen. Der rote Kater kratzte Red Dog ein zweites Mal. Red Dog versuchte zu beißen, verfehlte den Kater aber. Dann kam Nancy um die Ecke und setzte der Gegenüberstellung ein Ende.

Es gab einen neuen Tierarzt in Roebourne, was viel näher war als Port Hedland, und die neue Ambulanz war noch nicht ganz fertig gestellt. Der junge Veterinär schaute sich die tiefen Kratzwunden an Red Dogs Nase an und redete ihm gut zu, während er die Wunden säuberte und nähte. »Komisch«, sagte er, »aber gerade vorige Woche habe ich genau so einen Hund wie diesen gesehen. Er hatte einen Dorn in der Pfote. Es war jedoch ein anderer Besitzer. Und in der Woche davor brachte wieder ein anderer einen ganz ähnlichen Hund zum Impfen vorbei. Seltsam. Kaum zu glauben, dass so viele Hunde herumlaufen, die alle gleich aussehen.«

Nancy lächelte im Stillen. Red Dog gehörte jetzt allen, und jeder würde ihn zum Tierarzt bringen, wenn es nötig wäre. Man schloss Wetten ab, wie lange es dauern würde, bis der Arzt merkte, dass all die verschiedenen roten Hunde, die alle gleich aussahen, in Wirklichkeit ein und derselbe Red Dog waren. Bisher war er fünf Mal in der Ambulanz gewesen, und der Tierarzt hatte noch immer nicht zwei und zwei zusammengezählt.

Als Red Dog in den Wohnwagenpark zurückkehrte, schnüffelte er so lange herum, bis er eine frische Spur vom roten Kater gefunden hatte. Dieser Kater hatte sein Interesse geweckt. Er verfolgte die Spur schließlich bis zu einer von silbrigem Gänsefußgewächs überwucherten Stelle, wo der Kater Kaninchen auflauerte. Die Wiederholung ihrer Zisch-und-Knurr-Vorstellung fiel nur kurz aus.

Am Ende erschien es ihnen jedoch zu viel der Mühe, und die Leute waren überrascht, als sie die beiden Seite an Seite sitzen sahen, vertieft in die Betrachtung des heraufziehenden Abends. Sie lauschten dem Stampfen der Kängurus in der Wildnis wie zwei Alte auf der Veranda eines Bungalows.

Sie waren ungleiche Freunde, aber sie wurden Freunde. Der rote Kater verabscheute Hunde noch immer, doch für Red Dog machte er eine Ausnahme. Wenn Red Dog im Wohnwagenpark aufkreuzte, sprang der rote Kater herzu, stieß ihm mit dem Kopf unter das Kinn und schlängelte sich in Form einer Acht durch seine Beine, während Red Dog einfach nur verlegen dastand. Er selbst jagte noch immer Katzen nach, doch für den roten Kater machte er eine Ausnahme. Wenn jemand seinen Freund bedrohte, kam Red Dog knurrend angerannt, um ihn zu verteidigen. Er und der rote Kater sorgten dafür, dass ein paar Hunde und Füchse bedauerten, sich je in ihr Hoheitsgebiet vorgewagt zu haben.

Eines Abends hielt Nancy in einem Foto fest, wie Red Dog unter der Bougainvillea fest schlief, während der rote Kater auf ihm ebenfalls schlummerte. Sie ließ zwei Abzüge machen und schickte den einen an eine Zeitschrift. Den anderen ließ sie sich einrahmen und hängte ihn an die Wand.

RED DOG,
DON UND DER RANGER

Red Dog war nach Johns Tod fünf Jahre umherge-
fahren, ehe er die Männer in der Dampier Salt
Company kennen lernte. Und auch das geschah
nur infolge eines Unfalls.

Er war mit Peeto von Port Hedland nach
Dampier zurückgefahren und hatte die Fahrt
ziemlich sicher auf dem Vordersitz des Ford Fal-
con begonnen, den Kopf wie üblich aus dem
Fenster gestreckt. Das Problem war nur, dass er in
einem Hotel, mit dessen Koch er sich angefreundet hatte, drei Würstchen gefressen hatte, ein
Lammkotelett, die Reste eines Steaks und Kidney
Pie, ein paar Baked Beans und eine Schüssel Kohl
mit Fleischsoße. Die Folge davon war natürlich

einer seiner berüchtigten Gasangriffe. Daraufhin hatte Peeto ihn in den kleinen Anhänger hinten am Wagen befördert.

Dieser Anhänger war voll gestopft mit Rucksäcken und anderem Campingzubehör, denn Peeto war in den mit Krokodilen verseuchten Mangrovensümpfen von Broome auf Angeltour gewesen. Red Dog saß nun auf diesem schwankenden Berg und versuchte, nicht hinunterzufallen, wenn der Wagen bremste oder um eine Kurve fuhr. Als sie jedoch an die Kreuzung kamen, wo sie nach Dampier abbiegen mussten, versuchte Peeto schnell noch vor einem anderen Wagen wegzukommen, um nicht warten zu müssen. Red Dog war darauf nicht vorbereitet, da er gerade in diesem Augenblick Tagträumen über Kaninchen nachhing. Im Handumdrehen flog er auf die Straße, traf schwer auf und verdrehte sich schmerzhaft ein Hinterbein. Der Wagen verschwand in der Ferne. Der Fahrer war sich nicht bewusst, dass sein berühmter Beifahrer sich von ihm getrennt hatte, und Red Dog humpelte auf drei Beinen an den Straßenrand.

Red Dog war daran gewöhnt, von Anhängern oder den Ladeflächen von Lastwagen zu fallen, da dies zu den üblichen Missgeschicken australischer Hunde gehörte, und er wusste, dass es ihm früher oder später wieder besser gehen würde. Wenn nötig, wären drei Beine fürs Erste auch ausreichend, um weiterzugehen.

Ein Mann namens Don entdeckte Red Dog, wie er Richtung Dampier humpelte. Don arbeitete bei Dampier Salt, der Firma, die das Gesicht der Landschaft in diesem Gebiet veränderte, indem sie riesige, flache, rechteckige Gruben aushob, die sie mit Meerwasser füllte. Das Wasser trocknete aus und hinterließ den glitzernden weißen Salzteppich, der im hellen Sonnenschein funkelte und schimmerte. Wenn man außerhalb von Dampier auf einer Anhöhe stand, konnte man über die Salzfelder hinweg in der Ferne einen hohen weißen Berg sehen, wo die Firma ihre Ernte zur Weiterverarbeitung aufgehäuft hatte.

Don wusste alles über Red Dog und hatte ihn schon oft in der Gegend gesehen, doch waren sie einander bisher noch nicht vorgestellt worden, weshalb Red Dog auch nicht vor Dons Wagen sprang, um ihn anzuhalten. Red Dog hielt nur Leute an, die er kannte, oder Fahrzeuge, die ihm geläufig waren.

Don hielt jedoch an und stieg aus. Red Dog legte sich mit hängender Zunge hin und ließ sich von Don auf die Seite rollen. Don tastete behutsam das verletzte Bein ab und sagte: »Tja, mein Freund, ich kann nichts finden, aber ich schätze, es ist besser, wenn wir zum Tierarzt gehen.«

»Ah«, sagte der neue Arzt, als Don den Notfall hereinbrachte, »da haben wir ja wieder mal Red Dog.«

»Sie kennen ihn wohl schon«, sagte Don.

»Jetzt ja«, erwiderte der Veterinär. »Eine Zeit lang glaubte ich, es seien verschiedene Hunde, die alle gleich aussahen. Dann merkte ich, dass es ein Hund mit neun Leben war, der allen gehörte. Habe noch nie zuvor so etwas gehört. Jetzt kann man wirklich sagen, dass ich ihn ziemlich gut kenne.«

»Wie kommt das?«, fragte Don.

»Weil er sich in meine kleine Hündin verliebt hat. Er kam immer wieder und beschloss dann, draußen auf meiner Veranda zu kampieren. Ich hatte keine Probleme damit, nur dass er mit der Zeit glaubte, der Platz gehöre ihm allein, und damit begann der Ärger. Jedes Mal, wenn ein anderer Rüde auftauchte, versuchte Red ihn zu vertreiben, und eines Tages kam ein Hund, der nur eine Spritze bekommen sollte, und als er ging, war er mit fünf Stichen genäht worden.«

»Ich nehme an, Red gefiel es nicht, wenn ein anderer seiner Angebeteten zu nahe kam«, lachte Don.

»Genau«, stimmte der Arzt zu und nickte. »Jedenfalls musste ich ihn bitten zu gehen, denn ich kann meine Patienten nicht von ihm anfallen lassen. Er zog also ab, und jetzt kommt er nur noch, um kurz hallo zu sagen. Er bekommt etwas zu fressen und hält auf der Veranda ein Nickerchen, und dann ist er wieder verschwunden. Wissen Sie, was er macht? Er kennt jedes Auto aus Dampier, und er setzt sich daneben, bis der Fahrer zurückkommt.« Der Tierarzt kraulte Red Dog hinter den Ohren und bat: »He, nicht böse sein!«

Der Tierarzt untersuchte Red Dogs Bein, konnte aber keine Brüche finden und kam zu dem Schluss, das Bein müsse wohl schwer gequetscht sein. »Ich will nur etwas nachsehen«, sagte er zu Don und ging an seinen Schrank. Er nahm eine neue Spritze heraus, die er vorsichtig aus der sterilen Plastikverpackung zog.

»Was haben Sie vor, Doktor?«, fragte Don. »Wollen Sie ihm eine Narkose verpassen?«

»Nein«, erwiderte der Arzt, »mir ist nur aufgefallen, dass Red nicht mehr der Alte ist.«

»Na ja, er kommt wohl so langsam in die Jahre, oder? Graue Haare an der Schnauze. Weiß eigentlich jemand, wie alt er ist?«

»Ungefähr acht Jahre, glaube ich.«

»Was meinen Sie denn, was nicht stimmen könnte?«

Der Tierarzt sagte mit nachdenklicher Miene: »Er ist acht, und er ist sein Leben lang herumgereist, ist keinem Streit aus dem Weg gegangen, wenn es sein musste, deshalb ist es sein gutes Recht, erschöpft zu sein. Aber er ist ein zäher Bursche, und gerade seit kurzem hat er immer wieder Kämpfe verloren und wurde öfter verwundet, als nötig war. Ich will ihn auf Herzwürmer hin untersuchen.«

»Hört sich eklig an«, sagte Don, »was ist das?«

»Wie der Name schon sagt«, erklärte der Arzt. »Es ist ein Wurm, der als Larve im Blut zirkuliert und sich im Herzen festsetzt, wenn er heranwächst. Manchmal lebt eine Hand voll da drinnen, und dann kann der Hund sterben. Die Krankheit verbreitet sich immer mehr, und ich habe das Gefühl, dass Red davon befallen ist. Das Problem ist nur, dass ich ihn eine Zeit lang hier behalten muss, und die Tierklinik ist noch nicht fertig. Ich habe noch keine Käfige aufstellen lassen. Können Sie ihn unter Verschluss halten, bis die Ergebnisse vorliegen?«

»Kein Problem«, sagte Don.

Später gab der Arzt eine Blutprobe von Red Dog auf einen Objektträger und legte diesen unter ein Mikroskop. Er zog gegen den Herzwurm zu Felde, und er fand es spannend, ihn zu entdecken und zu vernichten. Hoch oben im Norden war es ein geläufiges Problem, doch in dieser Gegend war er eine Art Pionier, und es erwies sich, dass die Krankheit weiter verbreitet war, als man angenommen hatte. Mit dem Rändelrad stellte er das Mikroskop auf die nötige Schärfe ein, und siehe da, Dutzende von Herzwurm-Mikroben schwammen in Red Dogs Blut herum. »Hab ich dich«, sagte er.

Der Tierarzt wollte Red Dog während der Behandlung nicht unbedingt bei sich wohnen lassen, denn die Tatsache, dass der Hund seine anderen Patienten biss, kam nicht gut an. Er erkannte auch, dass Don nicht in der Lage wäre, Red Dog unter Verschluss zu halten, denn dieser würde bei nächster Gelegenheit entwischen, und das würde die Wirksamkeit der Behandlung verderben. Dann kam ihm eine blendende Idee, und er rief den Ranger an.

Der Aufseher war dafür verantwortlich, streunende Hunde aufzugreifen und in einen Verschlag zu sperren, bis ihre Besitzer sie wieder einsammelten.

»In Ordnung, Kumpel«, sagte der Ranger, als der Tierarzt ihm sein Anliegen vorgetragen hatte, »aber wissen Sie, Red Dog ist eigentlich kein streunender Hund. Er ist eine Art Berufsreisender.«

»Aber er gehört niemandem, deshalb muss er ein Stromer sein.«

»Ich verstehe, aber ich kann Hunde nur so lange im Tierasyl halten, bis der Besitzer sie abholt, und dann muss dieser für die Unterkunft zahlen. Wer also wird für Red Dog aufkommen?«

Der Arzt war schockiert. »Red Dog muss doch nicht bezahlen! Red Dog ist Gemeingut.«

Am anderen Ende der Leitung trat eine Pause ein. Dann seufzte der Ranger. »Tja, ich möchte sagen«, ließ er sich schließlich vernehmen, »ich kann ihn im Käfig halten, während Sie ihn behandeln. Ich kann nicht sagen, dass ich froh darüber wäre, denn das Budget ist ohnehin schon schmal genug, aber da es sich um Red Dog handelt ...«

So kam es, dass Red Dog zusammen mit den streunenden Hunden aus dem Bezirk Roebourne im Hundeasyl eingesperrt wurde, und komischerweise schien er ganz zufrieden damit. Anscheinend wusste er, dass er ein Ehrengast war, während alle anderen nur schäbige Gefangene waren. Daher spielte er sich gnadenlos gegenüber den anderen Hunden als Herr auf, hielt sie in Schach und war streng zu ihnen, wenn sie den Bogen überspannten. Vorübergehend gab er sein Verlangen, ständig unterwegs zu sein, auf und entspannte sich, als hätte er Urlaub. Er war so gut, dass er sogar mit dem Ranger auf die Suche nach streunenden Hunden ging. Er saß auf dem Vordersitz im gelben LKW des Rangers, während die streunenden Hunde hinten angebunden wurden. In der Zwischenzeit unterwarf er sich allen Tests und Injektionen, als lasse er dem Tierarzt gutmütig seinen Willen.

Nachdem Don in die Männerquartiere von Dampier Salt zurückgekehrt war, erzählte er den anderen, dass Red Dog im Tierasyl eingesperrt worden sei, solange seine Behandlung dauerte. Ein Arbeiter von Dampier Salt erzählte es jemandem weiter, dass Red Dog eingesperrt worden sei, und dann erfuhr es Vanno von Hamersley Iron.

Peeto, Vanno und Jocko waren entsetzt. »Herrje«, sagte Peeto, »ist das nicht da, wo die streunenden Hunde getötet werden?«

»Nur wenn sie den Besitzer nicht finden«, sagte Jocko.

»Red Dog hat keinen Besitzer«, sagte Peeto. »Red Dog gehört nur Red Dog.«

»Sie würden Red Dog nicht umbringen«, sagte Vanno.

»Die Welt ist voller Menschen, die Red Dog umbringen würden«, sagte Peeto. »Die Welt ist schlecht, und sie wird immer schlechter.«

Die Männer dachten eine Weile darüber nach, und über kurz oder lang gewannen ihre Wut und ihre Sorge die Oberhand. »Es gibt nur eins«, sagte Jocko schließlich.

In jener Nacht fuhren die drei Männer um

zwei Uhr früh nach Roebourne. Vor dem einge-
zäunten Gelände des Rangers zogen sie Hand-
schuhe an, und Vanno holte einen großen Bolzenschneider aus dem Kofferraum. Das Werkzeug
schien eine Tonne zu wiegen, war fast einen Me-
ter lang und konnte dicke Eisenstangen durch-
trennen.

Sie kamen sich vor wie ein Kommandotrupp,
als sie auf den Zaun zukrochen. In einem Christ-
baum schrie eine Eule, und sie fielen vor Schreck
beinahe tot um. Peeto stolperte über Vanno, und
alle zugleich machten »Sch«. Die Hunde began-
nen zu bellen, und Peeto sagte: »Wir müssen uns
beeilen.«

Vanno durchtrennte die Spange des Schlosses mit dem Bolzenschneider und schlüpfte hinein. Hastig zog er eine Taschenlampe aus der Tasche und ließ den Lichtkegel von einem Hund zum anderen gleiten. Sie bellten wie verrückt und machten einen schrecklichen Radau und viel Wirbel, und er bereute allmählich, sich diesem Ausflug überhaupt angeschlossen zu haben. Ihm kam der Gedanke, dass man ihn nicht nur erwischen, sondern dass ihn einer dieser Köter auch noch heftig beißen könnte. »Red«, flüsterte er. »Red, wo bist du?«

Er spürte, wie sich eine Schnauze in seine Hand schmiegte, und er stieß sie fort, denn er dachte, er werde angegriffen. Er schaute hinab, und dort stand die unverwechselbar stämmige Gestalt von Red Dog. Er steckte die Taschenlampe wieder ein, hob den Hund auf, klemmte ihn sich unter den Arm und rannte hinaus, wobei er sorgsam darauf achtete, dass keiner der anderen Gefangenen mit ihm entkam.

Seine Mitverschwörer klopften ihm auf die Schultern und gratulierten ihm flüsternd. Sie zwängten sich wieder in den Wagen und schossen davon, schreiend vor Erleichterung und Freude, und Red Dog leckte ihnen die Gesichter und knabberte an ihren Händen. In Dampier angekommen, gingen sie zu Peeto und tranken zur

Feier ein paar Bier, während sie die Höhepunkte ihrer Heldentat noch einmal aufleben ließen.

»Mann«, sagte Peeto, »die Eule hat mich zu Tode erschreckt. Ich hab mir fast in die Hose gemacht.«

»Ich dachte schon, jetzt ist alles aus«, sagte Jocko, »als die Hunde anfingen zu bellen.«

»He«, sagte Vanno, tätschelte Red Dog den Kopf und legte ihm die Hand unter das Kinn, »jetzt sieh dir nur mal an, was deine Freunde für dich tun.«

Am darauf folgenden Morgen rief der Ranger den Tierarzt niedergeschlagen an, um ihm mitzuteilen, dass Red Dog in der Nacht entführt worden sei.

»O nein«, sagte der Arzt, »das ist ja schrecklich. Ich habe erst die Hälfte der Behandlung durchgeführt.«

»Wir müssen ihn finden und wieder zurückbringen«, sagte der Ranger.

»Ja, aber wie? Sie wissen ja, wie er ist. Er könnte inzwischen leicht in Carnarvon oder am Mount Tom Price sein.«

»Wir müssen einfach nur rumfragen«, sagte der Ranger, »und allen Hinweisen nachgehen.«

»Warum sollte ihn jemand entführen?«, fragte der Veterinär aufgebracht. »Es ist so verdammt dumm.«

»Die dachten wahrscheinlich, wir würden ihn töten«, sagte der Ranger. »Der Kerl hat viele Freunde.«

Die beiden Männer fanden sich damit ab, ihren Patienten verloren zu haben und ihn voll tödlicher Würmer lassen zu müssen, bis er wieder auftauchte. Der Ranger legte auf. Er holte seine Schlüssel aus der Küche, trank seinen Kaffee und trat hinaus ins blendende Licht. In der Ferne erschien ein wunderschönes Trugbild von einem Segelschiff unter vollen Segeln über dem Horizont, und der Ranger blieb einen Moment stehen, um es zu bewundern. Dann stieg er ins Auto und fuhr in Richtung Miaree Pool davon. Er tankte und ging hinein, um zu zahlen.

Als er wieder herauskam, steckte er den Geldbeutel in die Tasche und ging zu seinem gelben Lastwagen. Der Ranger traute seinen Augen nicht, doch da saß Red Dog vor der Beifahrertür und bat um Einlass. Der Ranger fasste sich an die Stirn, schüttelte den Kopf und lachte.

So kam es, dass Red Dog seine Behandlung beendete und ein neues Leben begann. Er machte sich auf die Suche nach Don bei der Dampier Salt Company und freundete sich mit den Männern dort an. Sie waren vom selben Schlag wie die Männer bei Hamersley Iron: Verbannte, Ausländer, Durchreisende, Menschen, die schnelles Geld verdienen wollten, um woanders eine neue Existenz aufzubauen. Sie blieben selten lange, doch die Tradition und die Gewohnheit, sich um Red Dog zu kümmern, überlebte.

Er durfte in jeder beliebigen Hütte bleiben; er musste nur an der Tür kratzen, dann hieß man ihn willkommen. Die Kumpel nahmen ihn als Mitglied in der Gewerkschaft auf, in Sportvereine und gesellschaftliche Vereinigungen, sie führten ein Stechblatt und schenkten ihm einen Block Kantinenmarken. Seine Aufgabe war es, die Reste von den Tellern zu lecken. Don richtete für ihn ein Konto bei der Wales Bank unter dem Namen »Red Dog« ein, und sobald die Männer eine Sammlung veranstalteten, damit die Arztrechnungen bezahlt werden konnten, wurde Geld eingezahlt. Don meldete ihn auch im Bezirk an, damit er nicht mehr riskierte, als streunender Hund eingeordnet zu werden, und sein offizieller Titel wurde »Hund des Nordwestens«.

Das mag sein offizieller Titel gewesen sein, doch bei Dampier Salt bekam er einen ganz anderen Namen. In Australien teilen alle Rothaarigen das gleiche Schicksal, dass man sie Bluey, »Blaue«, nennt, und so hieß er auch bei den Männern von Dampier Salt.

Red Dog
und die gefürchteten Cribbages

Damals, als es noch keine Häuser und nur zwei
Wohnwagenparks in Karratha gab, schaute Red
Dog gern bei den Wohnwagen vorbei, die seinen
vielen Freunden und Gönnern gehörten. Er erwartete, gewaschen, entzeckt und gefüttert zu
werden, und blieb ein paar Tage, bis es ihn wieder
in die Ferne zog.

Red Dog mochte einen der Parks besonders,
weil dort sein Freund, der rote Kater, lebte, ebenso wie Nancy und Patsy, aber, und das war ein
großes ABER, da gab es ein kleines Problem. Eigentlich gab es in Wahrheit zwei große Probleme,
und die waren miteinander verheiratet.

Mr. und Mrs. Cribbage war das Hausmeister-

ehepaar des Wohnwagenparks. Sie lebten von sü-
ßem Tee mit Milch, dicken Sandwichs und Zigaretten, und es war ihre Pflicht, den Park sauber
und ordentlich zu halten. Sie behoben alle
Schwierigkeiten, die bei der Strom- und Wasser-
versorgung auftauchten. Platzten die Glühbirnen
in den Toiletten, seufzte Mr. Cribbage gereizt und
wechselte sie aus. Wenn der rote Kater einen
Mülleimer durchsuchte und umwarf, kam Mrs.
Cribbage, seufzte verärgert und stellte ihn wieder
auf. Soll heißen, sie waren ein ziemlich typisches
Hausmeisterehepaar und nur selten erfreut, wenn
ihre Freizeit von Arbeit unterbrochen wurde oder
wenn sie die Teetasse halb voll stehen lassen mussten.

Das Ungünstige an Mr. und Mrs. Cribbage
war, dass sie pingelig auf die Einhaltung der
Gebote achteten, selbst der dummen, die jeder
normale Mensch für gewöhnlich missachtete, und
eines dieser Gebote hieß »HUNDE VERBO-
TEN«.

Als Mrs. Cribbage zum ersten Mal Red Dog
begegnete, wollte dieser gerade an Patsys Wohn-
wagentür kratzen. »He, du da«, rief sie, lief zu
ihm und wedelte ihm mit einem Geschirrtuch vor
der Nase herum. »Scher dich fort! Sch! Sch!«

Red Dog schaute diese dicke Frau und ihr Geschirrtuch an und kam zu dem Schluss, dass sie

wahrscheinlich verrückt war. Er sah geflissentlich über sie hinweg und kratzte noch einmal an Patsys Tür.

»Weg mit dir! Fort!«, schimpfte Mrs. Cribbage, und in diesem Augenblick machte Patsy die Tür auf. Sie schaute vom Hund auf die Frau und fragte: »Was gibt's?«

»HUNDE VERBOTEN!«, verkündete Mrs. Cribbage.

Patsy sah sie mitleidig an und sagte: »Das ist nicht irgendein blöder Hund. Das ist Red Dog.«

»Hund ist Hund«, entgegnete Mrs. Cribbage, »und wenn es einer von den verdammten Corgis der Königin wäre! Das ist ein Hund, und damit basta. HUNDE VERBOTEN.« Patsy kam der Gedanke, dass sich Mrs. Cribbages Stimme eher wie das Lachen eines Rieseneisvogels anhörte.

»Red Dog hat Privilegien«, sagte Patsy. »Das weiß jeder.«

»Wenn Sie sich diesen Hund nicht vom Halse schaffen«, sagte Mrs. Cribbage, und ihre Stimme wurde noch schriller, »dann werden Mr. Cribbage und ich Maßnahmen ergreifen.«

»Wenn Sie versuchen, Red Dog loszuwerden, dann haben Sie die ganze Pilbara gegen sich«, erwiderte Nancy. »Wenn ich Sie wäre, würde ich mir nicht ins Hemd machen!«

Mrs. Cribbage war eingeschnappt. »Und

wenn Sie diesen Hund nicht abschaffen, werden wir ihn erschießen und Sie obendrein rauswerfen. Sagen Sie bloß hinterher nicht, ich hätte Sie nicht gewarnt!«

Mrs. Cribbage machte auf dem Absatz kehrt und rauschte davon – in vollem Bewusstsein ihrer Wichtigkeit und der Tatsache, dass sie die Königin dieses kleinen Reiches war. In den nächsten Tagen glaubte sie immer wieder, Red Dog aus den Augenwinkeln gesehen zu haben. Das erwähnte sie angelegentlich gegenüber Mr. Cribbage, der von kleiner Statur war und einen kurzen Hitlerschnurrbart hatte. Sein Schnauzbart und seine Finger waren von ekligem Gelbbraun, wie die Zimmerdecke in einer Kneipe, denn er rauchte am Stück und drehte sich winzige, kleine, feste Zigaretten. Sobald er eine Zigarette zu Ende geraucht hatte, öffnete er den Stummel und bröselte den unverbrauchten Tabak heraus, den er wieder für die nächste Zigarette verwendete. Seine Brust war im Laufe der Zeit eingefallen, und infolge seines dauernden trockenen Hustens wusste man immer, wann er in der Nähe war.

Das Ehepaar fuhr nach Dampier und brachte vom Schreibwarenhändler im Einkaufszentrum eine Schablone mit. Anschließend verwendeten sie einen ganzen sonnigen Vormittag darauf, viele Notizen und Schilder herzustellen, auf denen es hieß »HUNDE VERBOTEN«. Diese hängten sie an jeden verfügbaren Baum im Wohnwagenpark und hatten danach das Gefühl, ihr Tagewerk vollbracht zu haben. Die Leute im Park schüttelten den Kopf und verabredeten, sich von nun an mit verschlüsselten Warnungen zu verständigen, damit die Hausmeister sie nie erwischten, wenn Red Dog in der Nähe war. Patsy schlug »Kätzchen« als Kodewort vor, was rasch angenommen wurde. Mr. und Mrs. Cribbage wunderten sich, warum die Leute sich ohne erkennbaren Grund »Kätzchen« zuriefen, sobald sie mit ihren Eimern und Kästen vorübergingen. »Ich glaube, es ist nur dummes Gekläff«, vermutete Mr. Cribbage.

»Apropos kläffen. Ich sehe den Hund immer noch«, sagte seine Frau.

Nun war es so, dass Patsy und Nancy Angst im Dunkeln hatten. Damals gab es fast keine Lichter, die den Himmel orange färbten, und man konnte alle Sterne am Himmel so klar und deutlich sehen, als funkelten sie an den Fingerspitzen. Der Mond lag auf dem Rücken, als hätte er Urlaub, und schickte sein kühles, wässriges Licht zur Erde. Wenn es aber bewölkt war, sah man überhaupt nichts mehr, wenn die Batterien der Taschenlampe leer waren, und viele arme Seelen verloren die Orientierung und froren bis zum

Morgengrauen im Freien, obwohl sie nur ein paar Schritte von ihrer Tür entfernt waren.

Red Dog konnte seinen Weg im Dunkeln erschnüffeln, als wäre seine Nase ein zusätzliches Augenpaar, doch er begriff offensichtlich, dass Patsy und Nancy Angst hatten. Infolgedessen kreuzte er wie durch Zauber an ihrer Seite auf, wenn sie spätabends zur Toilette mussten, und begleitete sie danach wieder zum Wohnwagen zurück. Sie waren dankbar für seine Hilfe und belohnten ihn mit vielen Knabbereien und großer Zuneigung. Bevor Red Dog auftauchte, war der rote Kater offizieller Beschützer des Wohnwagenparks, doch er hatte nie einen so guten Gratisdienst erwiesen.

Wie es das Unglück wollte, musste Mrs. Cribbage eines Abends zur selben Zeit wie Patsy austreten, und sie erwischte Patsy, als sie mit Red Dog im Mondlicht aus der Toilette kam. Sie stellte sich ihnen in den Weg, blies die Wangen auf und brachte sich so richtig in Rage, bis sie angriffslustig war wie eine verwundete Schlange. »Was seh ich denn da?«, keifte sie. »Was ist das? Sie haben ja noch immer den Hund. Was hab ich Ihnen gesagt? Damit fliegen Sie raus, meine Liebe, das sag ich Ihnen.«

Patsy wusste, wenn sie ausziehen musste, wüsste sie nicht, wohin, aber in diesem Augen-

blick war ihr das offenbar gleichgültig. Sie hatte
die Nase voll von den Cribbages und ihrer Anti-
Hund-Kampagne. Sie fror, und sie wollte einfach
nur noch ins Bett. Plötzlich hörte sie sich sagen:
»Ach, verpissen Sie sich doch!«

»Blöde Kuh!«, kreischte Mrs. Cribbage.
»Miststück! Na warte!«

»Ich warte«, sagte Patsy. Sie schaute auf Red
Dog hinunter, dessen gelbe Augen im Mondlicht
leuchteten. »Komm, Red, wir gehen wieder zu
Bett.« Ohne ein weiteres Wort zu verlieren, drehte sie Mrs. Cribbage den Rücken zu und ging ge-
lassenen Schrittes davon.

Am nächsten Morgen, als sie gerade beim
Frühstück saß, vernahm sie ein Rascheln und sah,
dass ein Zettel unter ihrer Tür hindurchgescho-
ben wurde. In winziger, sauberer Handschrift
stand darauf:

Da Sie andauernt und unfernünftigerweise die Regeln im Hinblik auf Hunde misachten, setzen wir Sie hirmit dafon in Kentnis, das Sie mit Wirkung des morgigen Tages aus diesem Park ausgeschlossen sind ab morgen früh 9.30 Uhr. Ich werde mit eine Farzeug kommen, um sie hinauszuzihen. Mit freundlichen Grüßen, Mr. Und Mrs. Cribbage.

Patsy las den Zettel zweimal, ehe sie ihn Nancy zeigte und sagte: »Was soll ich nur machen? Wo soll ich wohnen? Das ist einfach furchtbar! Sie machen mich obdachlos, nur wegen eines Hundes!«

Nancy verzog den Mund und schüttelte den Kopf. »Was für Vollidioten, alle beide. Und sieh dir nur die Rechtschreibung an!« Sie legte Patsy eine Hand auf den Arm. »Mach dir keine Sorgen«, sagte sie, »und fang auch noch nicht an zu packen, denn ich werde sicherstellen, dass du nirgendwohin musst.« Sie nahm den Zettel und ging damit von Wohnwagen zu Wohnwagen, um ihn allen zu zeigen, die sie auftreiben konnte.

Am darauf folgenden Morgen zog Mr. Cribbage um 9.20 Uhr seine fleckige alte Krawatte gerade, kämmte seinen Hitlerschnurrbart und legte ein paar Haarsträhnen über seine Glatze.

»Irrsinnig viele Leute fahren heute Morgen durch die Gegend«, beobachtete Mrs. Cribbage, die am Fenster stand. »Was sie nur alle vorhaben?«

Mr. Cribbage nahm seine Schlüssel vom Tisch, straffte die Schultern, hustete und öffnete die Tür. Er war zufrieden und erfüllt, denn jetzt würde er seine Macht und Autorität geltend machen. »Jetzt werden sie mich kennen lernen«, dachte er bei sich.

Kaum war er jedoch draußen, verwandelte sich seine Freude alsbald in Bitterkeit.

Im ersten Augenblick konnte er kaum glauben, was er sah. Einige Bewohner des Parks hatten ihre Fahrzeuge um seinen Wagen herum abgestellt, sodass er vollkommen eingekeilt war, andere hatten ihre Autos überall auf den Wegen zwischen den Wohnwagen stehen lassen. Schlimmer als das war vielleicht noch, dass die Leute selbst in kleinen Gruppen herumstanden, ihn anlächelten und sich an seiner Niederlage weideten.

»Sie haben wohl vor, Patsy rauszuziehen, was?«, rief einer und versetzte dem Nächststehenden einen Stups.

»Brauchen Sie Hilfe?«, rief ein anderer.

»Das dürfte schwierig für Sie werden«, rief ein Dritter.

Mr. Cribbage spürte Zorn und Enttäuschung in sich aufsteigen. Seine Lippen bebten, die Augen traten hervor, Schweiß brach ihm auf der Stirn aus, und sein Herz pochte. Schließlich sagte er etwas. »Macht doch, was ihr wollt. Das ist ein streunender Hund, und ich werde den Ranger anrufen. Er wird erschossen, und dann ist Schluss damit.«

»Das hat keinen Zweck«, rief jemand. »Red ist der Freund des Rangers. Und er ist auch kein streunender Hund. Er ist angemeldet.«

Der Hausmeister stand einen Augenblick lang ganz ruhig da, dann drehte er sich auf dem Absatz um und marschierte wieder in sein Büro.

Die Leute fragten sich gerade, was nun geschehen würde, als er wieder auftauchte. In den Händen hielt er eine zwölfschüssige Schrotflinte. Er klappte den Gewehrlauf auf, nahm zwei Patronen aus seiner Tasche und ließ sie in die Kammern gleiten. Er schnappte den Lauf wieder zu und schaute die Wohnwagenbewohner an, die jetzt ein deutliches Unbehagen beschlich. Er klemmte sich das Gewehr unter den linken Arm und tätschelte es mit der Rechten. »Wenn ich den Hund sehe«, verkündete er, »kriegt er die beiden Patronen ab.« Er drehte sich um und ging wieder hinein. Er nahm die Patronen aus dem Gewehr und stellte es aufrecht in eine Ecke. Vor Wut und Gehässigkeit zitternd, sagte er zu Mrs. Cribbage: »Ich werde den Hund erschießen müssen.«

»Wenn du schon dabei bist, solltest du noch ein paar von den Idioten erschießen«, sagte Mrs. Cribbage beleidigt. »Sie sind Abschaum, der reine Abschaum. Haben keinen Respekt, überhaupt nicht.«

Die Ereignisse draußen überschlugen sich. »Ich kann es nicht glauben«, sagten die Leute zueinander, »der Bastard will allen Ernstes Red Dog erschießen.«

»Das ist nicht legal«, sagten andere. »Das kann er nicht machen.«

»Ich rufe den RSPCA«, verkündete Patsy.

»Ich rufe die Jungs bei Hamersley an«, sagte Nancy.

An jenem Nachmittag traf der RSPCA-Beamte ein und drohte den Cribbages in deutlichen

Worten mit strafrechtlicher Verfolgung. Doch das war nicht das Schlimmste. Noch später kam ein gelber Bus von Hamersley Iron an. Die Arbeiter hatten gerade ihre Schicht beendet, und infolge ihrer Müdigkeit waren sie doppelt aufgebracht. Einige waren noch voller Ruß, rotem Staub oder Maschinenöl. Es waren grimmige, harte Männer, und sie waren in der Tat sehr wütend. Sie stürmten in Mr. Cribbages Büro, ohne anzuklopfen, und die Hausmeister kamen nicht mehr dazu, ihre Tassen an die Lippen zu führen. Sie waren vollkommen umzingelt. Jocko legte die Hände auf den Schreibtisch und beugte sich vor. »Und du bist der winzige kleine Drecksack, von dem wir gehört haben?«

Am darauf folgenden Morgen klopfte Patsy schon sehr früh an Nancys Tür und erzählte ihr: »Du glaubst es nicht, Nance, aber die Cribbages sind weg.«

Es stimmte. Sie hatten ihre Arbeitsplätze ohne Nachricht verlassen und ohne ihren Lohn einzustreichen. Ihr Stellplatz war jetzt ein nacktes Viereck aus braunem Zement mitten auf einem schmuddeligen Rasenstück neben zwei ungepflegten Blumenbeeten. Es sah sehr merkwürdig aus.

»Ich habe ein ungutes Gefühl«, sagte Patsy später. »Wir haben sie aus der Stadt gejagt. Das ist nicht gerade das, was man unter zivilem Verhalten versteht, oder?«

»Jetzt ist es für Reue zu spät«, sagte Nancy. »Sie sind weg. Aber es wird sie auch niemand vermissen.«

»Trotzdem«, erwiderte Patsy. »Ich habe meine Probleme damit.«

Es stimmte, ihr Sieg hatte einen bitteren Beigeschmack, und selbst Red Dog hatte anscheinend keine große Freude daran. Er suchte noch einmal nach John, trampte mit einem Sattelschlepper ins schöne Adelaide und kam zwei Monate später mit einem Lastzug zurück. Als er das nächste Mal an Nancys Tür kratzte, hatten neue Hausmeister neue Regeln aufgestellt.

DIE LETZTE REISE

Für jeden von uns kommt einmal der Zeitpunkt,
an dem uns das Glück verlässt. Das Schicksal
hört auf zu lächeln, und wir müssen uns unse-
rem letzten Kampf stellen. Manche unter uns
sterben allein, andere wiederum nicht, aber in
keinem Fall ist es möglich, die Reise durch den
letzten Tunnel am Ende des Lebens in Beglei-
tung anzutreten.

Red Dog war erst acht Jahre alt, aber er hatte
ein hartes Dasein geführt, war durch ganz Westaustralien gefahren und hatte nach seinem verlo-
renen Herrn gesucht, war in Kämpfe verwickelt
worden, hatte zuweilen zu viel, manchmal zu
wenig gefressen, war angeschossen worden, war
hinten aus Sattelschleppern und Lastwagen ge-

fallen, hatte des Nachts gefroren und tagsüber in der Hitze geschmort. Seine dunkelrote Schnauze bekam graue Stellen, seine Glieder wurden steif, und manchmal war er einfach zu müde, um die Schatten von Vögeln über das Erdenrund zu jagen. Wenn er auf der Suche nach John umherreiste, musste er sich zuweilen in die Vans, Limousinen und Züge helfen lassen, in die er einsteigen wollte. Am schlimmsten aber war die gelegentliche Bosheit einiger Menschen, die seinen Weg kreuzten. Niemand weiß, warum manche Menschen aus Greueltaten eine gewisse Befriedigung ziehen; wir wissen nur, dass es solche Menschen gibt und dass ihre Opfer häufig Tiere sind.

Eines Tages fand Nancy Einschusslöcher in seinen Ohren, als sie Red Dog gerade pflegte. Da war er noch einmal mit heiler Haut davongekommen. Als aber Peeto eines Samstags im November in seinem Sattelschlepper von Karratha nach Dampier fuhr, sah er flüchtig etwas Dunkelrotes zwischen den Steinen am Straßenrand. Was immer es war, es lag am Boden, und es zitterte.

Er setzte zurück und stieg aus. Entsetzt erkannte er auf den ersten Blick, dass er etwas unternehmen musste. Das Problem war, dass Red Dog sich so sehr wand und verdrehte, dass Peeto ihn nicht packen konnte. Es war, als wäre Red wahnsinnig geworden oder völlig außer Kontrolle geraten. In seinen bernsteingelben Augen lag ein verzweifelter Ausdruck entsetzlichen Schmerzes. »O Gott, o Gott«, murmelte Peeto vor sich hin, während er sich bemühte, den Hund still zu halten und in den Lastwagen zu hieven. Es war hoffnungslos. Red Dog war schwer, stämmig und immer noch sehr stark.

Peeto hatte Glück. Der Polizist Bill fuhr kurz darauf vorbei, und er sah Peetos Wagen am Straßenrand stehen und Peeto selbst, der sich daneben mit irgendetwas abmühte. Bill und Peeto waren nicht mehr so gut miteinander ausgekommen, seitdem Bill Peeto wegen Trunkenheit am Steuer belangt hatte, damals, als er Red Dog nach der Behandlung seiner Schusswunde von Port Hedland nach Hause gefahren hatte. Sie waren zwar beinahe Nachbarn, doch Polizisten fällt es schwer, ein normales gesellschaftliches Leben zu führen, wenn sie zuweilen bei den eigenen Freunden für Recht und Ordnung sorgen müssen.

Bill wollte trotzdem lieber anhalten, falls Peeto irgendwelche Schwierigkeiten hatte. Das ist in den ländlichen Gegenden Australiens überall die Regel, und jeder hält sich daran. In diesem Fall dauerte es nur einen Augenblick, und er und Peeto hatten ihre Meinungsverschiedenheiten vergessen.

Die beiden Männer hatten zu kämpfen, bis sie Red Dog in den Laster verfrachtet hatten. Es war beängstigend, ein Tier unter Kontrolle halten zu müssen, das auch ein lieber alter Freund war, der in ihren Armen um sich trat, als wäre er vom Teufel besessen. Peeto und Bill fluchten und zuckten zusammen, als Red Dog ihnen mit den Krallen über das Gesicht fuhr, und sie fluchten noch einmal, als Red sich zu übergeben begann.

Schließlich hoben sie Red Dog in den Wagen und traten kurz zurück, um zu verschnaufen. »Was zum Teufel ist das?«, fragte Peeto und zeigte auf das leidende Tier.

»Gift, Kumpel«, sagte Bill. »Strychnin. Ich hab das schon mal gesehen. Sie kriegen solche Zuckungen, die stundenlang anhalten, und dann sterben sie.«

»Wer sollte Red Gift verabreichen, um Himmels willen? Er ist jedermanns Liebling.«

Bill schürzte die Lippen und schüttelte wissend den Kopf. »Du glaubst nicht, was ich alles gesehen habe, seit ich Polizist bin. Ich sag dir, auf der ganzen verdammten Welt gibt es kein gemeineres Tier als den Menschen.« An Peeto gewandt, sagte er: »Wir sollten ihn lieber zum Tierarzt bringen, Kumpel.«

Sie schauten Red in seinen Todesqualen an, und Peeto schlug vor: »Wir wollen ihn lieber auf die Polizeiwache bringen und den Arzt rufen. Ich glaube, es ist nicht gut für ihn, die ganze Strecke bis Roebourne zu fahren.«

So kam es, dass Red Dog zur Polizeiwache gebracht und auf den Tisch gelegt wurde. Bill versuchte, ihn still zu halten, während Peeto den Arzt anrief. Er redete eindringlich in den Hörer und kam dann mit finsterer Miene wieder zurück.

»Der Tierarzt ist nicht da«, sagte er. »Ich habe eine Nachricht hinterlassen, aber sie wissen nicht, wann er zurück ist.«

Peeto löste Bill in seinen Bemühungen ab, Red Dog still zu halten. Er packte Red Dog an den Vorderpfoten und schaute dann den Polizisten von der Seite an. »Wir können nur eins tun. Wir können es nicht einfach so laufen lassen. Das halt ich nicht aus, verdammt.«

»Stimmt«, sagte Bill, »aber ich will es nicht.«

»Du musst aber, Kumpel«, sagte Peeto leise. »Wenn er so weitermacht, bricht er sich selbst die Knochen. Wenn man ihn so ansieht, glaubt man nicht, dass noch Hoffnung besteht.«

»Ich muss für jede Kugel Rechenschaft ablegen«, sagte Bill. »Ich weiß nicht, ob ich Hunde erschießen darf.«

»Hör zu, wir unterstützen dich. Niemand kann dir was anhaben, wenn du einem armen alten Hund hilfst.«

»Tja, ich glaube, du hast Recht«, sagte Bill. »Wahrscheinlich hast du Recht. Aber trotzdem ...«

»Du musst es tun, Kumpel. Red wäre dir dankbar.«

»Wir bringen ihn vor die Tür«, sagte Bill. »Hier drinnen können wir es nicht machen. Das ist mal sicher.«

Sie nahmen den zuckenden Hund zwischen sich und trugen ihn ins Freie. Sie legten ihn auf die rote Erde in die Sonne. Ein Schwarm winziger Tauben auf einer Palme in der Nähe krakeelte, als machte sich die eine über die andere lustig. Bill schnallte die Klappe an seinem Pistolenhalfter auf. Er zog die Waffe heraus, lud sie mit zwei Kugeln und stand einen Moment lang schweigend da. Peeto sah, dass sich seine Augen mit Tränen füllten.

Er kniete nieder und streichelte Red Dog mit dem Handrücken über den Kopf. »Tut mir Leid, Junge«, sagte er, »ich will das nicht tun, und du musst mir verzeihen.«

Red Dog war durch das Gift zu sehr in Mitleidenschaft gezogen, und hatte keine Ahnung, was vor sich ging. Verstehen oder verzeihen konnte er schon gar nicht. Es war, als hätte das Gift ihm die Persönlichkeit und die Identität geraubt. Er war nur noch ein lebender, sich in Schmerzen windender Haufen.

Bill kniete nieder und führte die Mündung der Waffe an Reds Stirn, genau zwischen die Augen, konnte aber die Waffe nicht ruhig halten, weil der Hund so sehr zuckte. »Wir müssen ihn festhalten«, sagte Bill. »Sonst kann ich es nicht.«

»Ich kann seinen Kopf nicht halten«, sagte Peeto verzweifelt. »Er bewegt sich so arg, dass du mir am Ende noch in die Hand schießt.«

Gerade in diesem Augenblick blieb Red Dog still liegen, und Bill führte die Waffe noch einmal an seinen Kopf. Er begann, langsam auf den Auslöser zu drücken und kniff die Augen zu. Peeto biss sich auf die Lippe, schaute zur Seite und wartete auf den Pistolenknall. Plötzlich hockte sich Bill auf die Fersen. »Tut mir Leid«, sagte er. »Ich kann es nicht. Ich kann es einfach nicht.«

Und so kam es, dass Peeto Red Dogs Freunde anrief. Einer nach dem anderen traf ein, und in den langen Stunden, bis der Tierarzt kam, wechselten sie sich ab, Red Dog festzuhalten und die Zuckungen zu unterdrücken. Niemand hatte noch Hoffnung, dass er es überleben würde, und während sie in der überfüllten kleinen Wache Tee tranken, erinnerten sie sich an ihren alten Freund, den sie nun verlieren sollten.

»Ich weiß noch«, sagte Nancy, »als ich einmal mit meiner Familie zum Miaree Pool fuhr. Aus irgendeinem Grund lag die Katze hinten im Auto.

Jedenfalls, als wir dort eintrafen, sahen wir Red fest auf einer Sandbank schlafen. Die Bäume waren voll weißer Kakadus, und das Wasser zum Baden gerade richtig. Es war echt herrlich. Wir lagen den ganzen Tag in unseren Badeanzügen herum, schwammen, picknickten, das Übliche eben, und dann, als es spät wurde, mussten wir wieder nach Hause aufbrechen. Da beschloss Red mitzufahren, und er versuchte, auf die Rückbank zu springen. Wir schoben ihn wieder hinaus, denn wir dachten, es sei der Katze gegenüber nicht fair. Ihr wisst, wie gern Red Katzen jagte, mit Ausnahme des roten Katers im Wohnwagenpark. Es war schwierig, denn wir wussten, dass Red eine Mitfahrgelegenheit brauchte, und wir hatten ein schlechtes Gewissen dabei, ihn rauszuwerfen.

Na gut, wie ihr wisst, ist der Fahrweg zum See ziemlich holprig, sodass wir langsam abfuhren, wie man's eben macht, und dann merkten wir nach einer Weile, dass Red neben dem Wagen herlief und noch immer bat, mitgenommen zu werden. Wir sagten ihm, er solle verschwinden, aber er gab nicht auf.

Schließlich blieben wir stehen und sagten zu ihm: ›Okay, Red, wir geben nach, aber du darfst erst hier rein, wenn du die Katze in Ruhe lässt.‹ Red sprang also in den Wagen, und dort saß er kreuzbrav, hielt die ganze Zeit bis Dampier den Kopf aus dem Fenster, ohne der Katze auch nur ein Haar zu krümmen. Und das Lustige ist, die Katze störte es nicht im Geringsten.«

»Er war schon ziemlich halsstarrig«, sagte Patsy. »Ich erinnere mich, als Red einmal den Bus nach Dampier verpasst hatte und stattdessen vor meinen Wagen lief, sodass ich anhalten musste. Ich wollte ihn schon wieder mit zu mir nehmen, doch als wir dort ankamen, wollte er nicht aussteigen. Saß einfach da und schaute mich von der Seite an, sodass ich das Weiße seiner Augen sah. Ich stieg also wieder ein und jagte hinter dem Bus her, den ich kurz vor der Endhaltestelle einholte. Ich sagte Red, er solle aussteigen, aber er wollte nicht. Ich vermute, ich sollte ihn wohl zur Kantine fahren. Jedenfalls ging ich zum Bus, klopfte ans Fenster und sagte zum Fahrer: ›Tun Sie mir den Gefallen, ich bin von Karratha aus hinter Ihnen hergefahren, und ich muss noch Essen kochen. Können Sie den Hund aus meinem Wagen holen?‹

Der Fahrer steckte den Finger in den Mund und pfiff, und Red sprang heraus, kreuzbrav, und setzte sich hinter ihn in den Bus. Erst um neun Uhr abends sah ich ihn wieder, als es an der Tür kratzte. Ob ihr es glaubt oder nicht: Nach all dem Ärger hatte er entschieden, doch bei mir zu bleiben.«

»Ich habe ihn einmal mitgenommen«, sagte Ellen. »Es war zwei Uhr morgens, denn ich holte meine Tochter aus der Disco ab. Er wollte bei Poon's Camp nicht aussteigen, und an der Dampier-Kantine auch nicht. Wir waren erschöpft und der Sache ziemlich überdrüssig, das kann ich euch sagen. Am Ende fuhren wir ihn zu den Einzelquartieren von Hamersley Iron, wo er hinaussprang. Im Sprung ließ er noch eine richtig eklige Gaswolke zurück, als wollte er sich auf diese Weise bedanken!«

»Seine Gedärme waren immer eine Strafe«, sagte Peeto. »Wisst ihr, als er einmal versuchte, mich zu einer Mitfahrgelegenheit auszutricksen, haben wir ihn in den Sattelschlepper unseres Vorgesetzten gesperrt. Der Boss weiß noch immer nicht, wer es war. Der Gestank hat ihn nicht gerade erfreut, als er die Tür aufmachte.«

»Ich weiß noch«, sagte Bill, »wie er in den Streifenwagen stieg, den wir nach einer Überholung auf Geschwindigkeit testen wollten. Ihm machte es nichts aus, wie schnell wir fuhren. Er hielt einfach wie gewöhnlich den Kopf aus dem Fenster und ließ sich den Wind um die Ohren pfeifen.«

»Jaja, aber dumm war er nicht«, sagte Vanno. »Eines Tages habe ich so einen Betrunkenen in Schlangenlinien fahren sehen, und Red saß auf dem Beifahrersitz, und dann hielt der Betrunkene an, um zu pinkeln, wisst ihr, öffentlich, weil er so benebelt war, dass es ihm egal war, und Red ist einfach aus dem Fenster gesprungen und in den Busch getrottet. Dann kommt er wieder heraus und bittet den nächsten Wagen um Mitfahrgelegenheit. Das ist mal ein schlauer Hund.«

»Jeder kann eine Geschichte über Red Dog erzählen«, sagte Jocko. »Man sollte sie aufschreiben.«

Eine Zeit lang saßen alle schweigend da und wechselten sich ab, Red Dogs Zuckungen und Zittern unter Kontrolle zu halten. Als der Tierarzt schließlich am darauf folgenden Morgen eintraf, hatten alle vor Erschöpfung und Mitleid Ränder unter den Augen.

Der Arzt hörte mit einem Stethoskop Reds Herztöne ab und schüttelte den Kopf. »Es ist Strychnin«, sagte er und bestätigte Bills Diagnose. »Ich vermute, er hat einen Dingo-Köder gefressen.«

»Hier gibt es keine Dingos«, sagte Peeto. »Wenigstens habe ich noch nie einen gesehen.«

»Die Leute legen trotzdem Gift aus«, erwiderte der Arzt seufzend. »Die Bahnleute geben wilden Hunden und Dingos für alles die Schuld, und heutzutage gibt es auch Menschen, die Gift für Katzen auslegen, weil sie nicht zu den heimischen Tierarten gehören. Das macht mich ganz krank. Ich bin es, der die Folgen zu tragen hat.«

»Ja, wenn das so ist«, überlegte Peeto, »dann gehören auch wir nicht zu den einheimischen Arten.«

Der Tierarzt schaute traurig auf seinen alten Freund auf dem Tisch, und Patsy fragte: »Werden Sie ihn einschläfern?«

»Das sollte ich tun, verdammt«, sagte der Veterinär. »Aber er ist ein starker alter Hund, und ich will ihm eine Chance geben. Wissen Sie was? Er wird mir fehlen, wenn er stirbt. Ich bin einmal mitten hinaus in die Wildnis gefahren, um mich um einen kranken alten Gaul zu kümmern, und als ich dort hinkam, saß Red schon neben ihm auf dem Stroh. Er wusste immer, wo etwas los war.« Er hielt inne und sagte dann: »Ich brauche vier von Ihnen, die ihn festhalten, während ich ihm eine Spritze gebe. Er darf sich auf keinen Fall bewegen. Die Nadel darf nicht abbrechen. Verstanden?«

Es war beinahe unmöglich, das Tier still zu halten, doch schließlich führte der Arzt die Nadel ein und drückte rasch den Kolben hinunter. Red Dogs Freunde sahen mit angehaltenem Atem zu, wie sein Zucken und Zittern allmählich nachließ, bis er schließlich still liegen blieb. »He, Doktor«, sagte Vanno leise und bewundernd, »das ist ein verdammtes Wunder.«

»Es handelt sich um ein Antispastikum«, sagte der Arzt. »Ich hätte zunächst dafür sorgen müssen, dass er sich noch einmal übergibt, um das Gift loszuwerden, aber ich glaube, das hätte ihn umgebracht.« Er schaute sich unter Red Dogs Freunden um und sagte: »Sie sehen alle ziemlich müde aus. Sie haben verdammt harte Arbeit geleistet und können jetzt ein wenig ausspannen. Ich werde ihn beaufsichtigen, bis die Zuckungen ganz aufhören. Das kann zwei Tage dauern.«

Der Arzt hielt Red Dog zweieinhalb Tage lang unter Narkose und verabreichte das Antispastikum in kleinen Dosen, sobald das Zittern und Winden wieder einsetzte, und danach brauchte Red noch einmal zwölf Stunden, um wieder auf die Beine zu kommen. Inzwischen hatte sich das Gerücht im Bezirk verbreitet, Red Dog sei tot, und die Lokalzeitung druckte eine Geschichte über die Vergiftung, teilte aber mir, Red Dog habe sich erholt.

So sah es zumindest aus. Er war benommen und noch schwach auf den Beinen, doch er leerte seinen Futternapf, wedelte mit dem Schwanz, wenn seine Gönner hereinschauten, und entkam sogar eine Weile zum Wanderhotel, wo er wusste, dass es dort Menschen gab, die großzügig köstliche Happen austeilten. Die Anstrengung, dorthin zu gehen, war jedoch zu viel für ihn, und der Arzt kam vorbei, um ihn abzuholen.

Jeder freute sich über Red Dogs Genesung, und er bekam Karten in die Praxis des Arztes geschickt, doch der Arzt hatte kein gutes Gefühl bei der Sache und war überhaupt nicht überrascht, als Red Dog immer unbeholfener wurde. Er stieß gegen Möbel, fiel auf die Seite und mühte sich tapfer, aber vergebens, wieder aufzustehen. Er hatte noch immer Appetit, doch das war letzten Endes alles, was ihm geblieben war. Der Arzt rief alle seine Freunde an.

»Er ist umgefallen, und jetzt kann er gar nicht mehr aufstehen. Es ist klar, dass er einen Hirnschaden hat. Er ist nicht er selbst und wird es nie wieder sein. Wissen Sie, man kann in die Augen eines Tieres schauen, und wenn das Licht erlischt, weiß man, dass es Zeit ist nachzugeben. Es tut mir wirklich Leid. Wir haben es versucht, aber jetzt müssen wir ein Ende setzen. Alles andere wäre gemein.«

Patsy, Ellen, Nancy, Bill, der Ranger und ein paar Männer von Dampier Salt und Hamersley Iron kamen vorbei, um sich von Red Dog zu verabschieden. Die Männer versuchten, ihre Gefühle nicht zu zeigen, denn so sind die Männer in

Australien, doch ihre Kehlen waren vor Kummer wie zugeschnürt, und keiner brachte ein Wort zustande. Sie tätschelten Red, der dort lag und nicht mehr aufstehen konnte, und knufften seine Ohren ein letztes Mal. Schweigend gingen sie hinaus und wollten einander nicht in die Augen schauen für den Fall, dass sie sich nicht beherrschen konnten. Nur Vanno weinte, denn er war Italiener, und in Italien war das in Ordnung, deshalb konnte ihm niemand etwas vorwerfen. Unter Tränen schwor Vanno, er werde es demjenigen, der Red Dog vergiftet hatte, schon heimzahlen, sollte er je herausbekommen, wer es war.

Die Frauen kamen herein und küssten Red Dog auf den Kopf, streichelten seinen Hals und weinten. Eine nach der anderen kniete nieder, nahm ihn in den Arm und war traurig und verzweifelt, als hätte sie ein Kind verloren. Als sie gegangen waren, kam der Arzt mit einer Spritze Morphium, rasierte eine kleine Stelle an Reds rechtem Vorderbein. Er verabschiedete sich allein von diesem Geschöpf, das seit seiner Ankunft in diesem harten, fesselnden Teil Australiens ein wesentlicher Bestandteil seines Lebens gewesen war. Er dachte, wie sehr sich die Gegend in den paar Jahren verändert hatte, in denen Red Dog hier gelebt hatte. Jetzt standen hier Häuser statt Wohnwagen, und die Straßen waren geteert. Es war, als symbolisiere der Tod von Red Dog auch den Tod des alten Bezirks Roebourne.

Er dachte daran, dass er Red für viele verschiene Hunde gehalten hatte, die sich ähnlich sahen, wie oft er sich um Red Dogs Unfälle und Notfälle gekümmert hatte, und wie selten er tatsächlich dafür bezahlt worden war. Wie sehr würde er diese starrsinnige, mutige Seele vermissen, die so typisch für Westaustralien war, obwohl es nur ein Hund war. Er schaute in Reds traurige, erschöpfte und schmerzverzerrte Augen, streichelte ihm den Kopf und sagte: »Zeit zu gehen, alter Freund, Zeit zu gehen.« Er holte zweimal tief Luft, um sein Bedauern zu überwinden und sich innerlich zu wappnen, dann setzte er die tödliche Spritze. Er sah zu, wie sich ein Schleier über Red Dogs Augen legte. Er legte Red sanft auf dem Tisch ab, wo er auf die Seite sank und in seinen letzten, langen Schlaf fiel.

Wer weiß, was Red Dog träumte, als er im Sterben lag? Vielleicht war er wieder jung und hetzte im Galopp zurück vom Flugplatz in Paraburdoo. Vielleicht jagte er die Schatten von Vögeln über das Erdenrund, oder er war draußen im Busch und jagte Wallabys oder im Wohnwagenpark und betrachtete Seite an Seite mit dem roten Kater den scharlachroten Sonnenuntergang. Nachdem er ein halbes Leben lang auf der Suche nach John gewesen war, hat er ihn vielleicht in jenem letzten Traum gefunden.

Bill und der Tierarzt begruben Red Dog in einem einfachen Grab im Busch zwischen Roebourne und Cossack. Sie betteten ihn in die steinige rote Erde. Es war heiß an diesem Tag, einem Tag, an dem Red sonst im klimatisierten Einkaufszentrum in Dampier gelegen oder den Erzzug zum Mount Tom Price bestiegen hätte. Heute erinnert sich niemand mehr, wo das Grab war, nie wurde ein Grabstein darauf gesetzt. Seine Freunde haben ihm am Ende eine Bronzestatue in Dampier errichtet, doch ansonsten ist von Red Dog nichts außer den Geschichten übrig geblieben, und sein Halsband, dessen Schild auf der einen Seite die Inschrift »Red Dog – Bluey« trägt und auf der anderen »Ich war überall, mein Freund«.

GLOSSAR

Bilby – kleines Beuteltier

Fremantle – eine hübsche Stadt am Swan River, die Perth als Hafen dient

Holden – australische Automarke

Mulgabaum – australische Akazienart

Quokka – Beuteltier, das wie eine große Ratte aussieht

Quoll – kleines Beuteltier

Rottnest Island – eine Ferieninsel und ein Naturschutzgebiet vor Fremantle, berühmt für seine Quokka-Kolonie

Treppe zum Mond – wenn der Mond bei Pretty Pool sehr niedrig über dem Wasser steht, sieht der Mondschein auf den kleinen Wellen wie eine Treppe aus, an deren Ende der Mond steht

Wallaby – Känguruart
Wallaroo – Känguruart

Louis de Bernières wurde 1954 in London geboren und wuchs im Nahen Osten auf. Nach Lehr- und Wanderjahren in Lateinamerika lebt er heute als Schriftsteller wieder in der Nähe von London. 1990 erschien der erste Roman seiner Lateinamerika-Trilogie *Der zufällige Krieg des Don Emmanuel* (Fischer Taschenbuch 13658); es folgte 1991 *Señor Vivo und die Kokabriefe* (Fischer Taschenbuch 13659) – beide ausgezeichnet mit dem Commonwealth Writers Prize – und 1992 *Das Kind des Kardinals* (Fischer Taschenbuch 13660). Sein Griechenland-Roman *Corellis Mandoline* (Fischer Taschenbuch 13657) avancierte in England zum Bestseller und wurde erfolgreich mit Nicolas Cage und Penélope Cruz verfilmt. Bei Argon ist außerdem seine Geschichte *Etiketten* lieferbar.

LOUIS DE BERNIÈRES
CORELLIS MANDOLINE
Roman
542 Seiten

Auf Kephallonia leben der Arzt Iannis und seine
schöne Tochter Pelagia. Iannis schreibt an einer Geschichte der einsamen und friedfertigen Insel im
Ionischen Meer. Doch wir befinden uns im Jahr 1940
und die Ruhe ist trügerisch. Als die Italiener die
griechische Insel besetzen, lernt die eigenwillige Pelagia
Antonio Corelli kennen, den liebenswerten Offizier
der Besatzungstruppen, der für Frauen und Musik
mehr übrig hat als für den militärischen Drill. Aber der
Krieg gestattet keine idyllische Abgeschiedenheit. In
Zeiten der Barbarei treten Treue und Verrat offen
zutage. Und keiner weiß, ob diese Liebe zwischen den
Fronten bestehen kann.

»Die gelungene Mischung aus Gesellschafts- und
historischem Roman zieht einen tagelang in Bann, die
Liebesgeschichte darin ist mindestens so schön wie in
Márquez *Liebe in den Zeiten der Cholera*.«

ELLEN POMIKALKO

Erschienen als Fischer Taschenbuch 13657